‖ 인문교양총서 19

김시습과 떠나는 조선시대 국토기행

●

김 재 웅

인문교양총서 019

김시습과 떠나는
조선시대 국토기행

김재웅 지음

역락

여행은 사람을 키우고 사람은 여행을 살찌운다

조선시대 방외인적 삶을 살았던 매월당 김시습은 조선의 국토를 마음껏 여행한 최초의 인물이다. 그는 천부적 재능을 가지고 태어났지만 세조의 왕위찬탈에 대한 울분을 떨쳐내지 못하고 전국을 유람한 방외의 지식인이다. 방외인 김시습은 국토기행의 고뇌와 수많은 경험을 기행시집 사유록으로 남겨 놓았다. 여기에는 젊은 날의 방황과 국토기행의 생활상을 반영하고 있어서 주목된다.

김시습의 사유록에는 세조의 왕위찬탈로 인하여 삼각산 중흥사를 떠나 관서, 관동, 호남, 금오 등의 문화유산과 산수를 유람한 여행서사가 담겨 있다. 사유록은 국토기행의 이동 경로와 김시습의 삶을 재조명하는 데 매우 중요한 자료이다. 이 때문에 김시습의 생애와 국토기행의 이동 경로에 등장하는 여행서사와 문학창작의 현장에 대한 관심을 가져야 한다.

조선의 산수를 유람하는 여행서사를 통해서 김시습은 자신의 고뇌와 작가의식을 보여준다. 『유관서록』에는 개성과 평양

을 방문하여 민족의 시원과 문화유산을 탐방한 감회가 담겨
있다.『유관동록』에는 금강산과 오대산을 포함한 동해안의 산
수문화의 아름다움을 읊었다.『유호남록』과『유금오록』에는
백제문화와 신라문화의 터전인 호남과 경주를 유람한 내용을
담고 있다. 이렇게 김시습의 국토기행은 수많은 문학창작의
현장을 생성하는 계기로 작용한다.

　이러한 문학창작의 현장은 작가의 국토기행과 방외인적 삶
을 이해하는 데 매우 중요하다. 김시습의 국토기행은 경주 금
오산에서 창작한 한문소설『금오신화』와도 무관하지 않다. 또
한 국토기행에서 만난 사람들과 읽은 책을 통해서 김시습의
사고방식을 파악할 수도 있다. 따라서 김시습의 발자취를 찾
아가는 여정에는 문화유산과 문학창작의 현장을 확인하는 기
쁨과 설렘이 함께한다.

　세조의 왕위찬탈과 같은 불합리한 세상을 경험한 김시습은
사육신처럼 죽지도 못했다. 그렇다고 간신배들과 어울리며 세
조의 정권에 출사하지도 않았다. 그 대신에 가슴속의 울분을
풀어내고 작가의 양심을 지키기 위해 제3의 길을 모색하였다.

김시습이 선택한 제3의 길은 조선의 국토기행을 통해서 방외의 지식인으로 살아가는 것이다. 이러한 방외인의 고통이 살아남은 자의 슬픔이기도 하다.

『김시습과 떠나는 조선시대 국토기행』은 방외인적 삶의 실체를 파악하는 계기가 될 것이다. 국토기행을 통한 문학창작의 현장은 작가의식을 이해하는 세계관을 제공한다. 자신의 내면을 성찰하는 국토기행은 언제나 새로운 깨달음을 동반하기 마련이다. 그래서 여행은 사람을 키우고 사람은 여행을 살찌우는지도 모른다.

이 책은 김시습의 국토기행과 문학창작의 현장을 답사한 결과물이다. 하지만 분단된 현실에서 북한 지역은 답사가 불가능했다. 그래서 조선시대 출간된 고지도와 그림을 활용할 수밖에 없어 안타까웠다. 특히 그림 소장자에게 일일이 허락을 받아야 하지만 그 출처를 밝히는 것으로 양해를 구하고자 한다. 나머지 사진은 모두 국토기행의 현장에서 필자가 촬영한 것이다.

이 책을 쓰면서 많은 분의 격려와 도움을 받았다. 우선 김시습과 여행할 수 있는 기회를 만들어준 인문대학의 관계자 분들께 감사드린다. 김시습의 국토기행 이야기를 재미있게 들어준 학생들과 '나무세기' 회원들에게도 무한한 사랑을 보낸다. 더욱이 무더운 여름날 사유록의 현장답사에 동참해준 아내 이수정과 바쁜 시간에도 흔쾌히 교정을 도와준 영어교육과 정보영에게도 고맙다는 말을 전하고 싶다.

새봄, 매화가 활짝 핀 나무 아래서 보름달을 바라보며 매월당과 술 한잔을 나누고 싶다.

2012년 11월

김 재 웅

차례

길 위의 나날, 김시습의 국토기행

1. 사유록, 그의 발길이 닿은 산하

조선 초기에 방외인적 삶을 살았던 매월당 김시습은 조선의 국토를 마음껏 여행한 최초의 인물이다. 김시습은 세상이 알아주는 천부적 재능을 가지고 태어났지만 세조의 왕위찬탈에 대한 울분을 떨쳐내지 못하고 전국을 유람한 방외의 지식인이다. 그는 세종대왕 때 완성된 조선의 국토를 유람하면서 경험한 수많은 견문을 기행시로 남겨 놓았다. 이 때문에 김시습의 국토기행에 등장하는 여행서사와 문학창작의 현장에 대한 관심을 가져야 한다.

최초의 한문소설 『금오신화』의 작가로 알려진 김시습은 조선시대 국토기행을 통해서 2,200여 수의 시를 남긴 시인으로도 유명하다. 국토기행시집인 사유록(四遊錄)에는 세조의 왕위찬탈로 인하여 삼각산 중흥사를 떠나 관서, 관동, 호남, 금오 등의 문화유산과 산수 자연을 유람한 여행서사가 담겨 있다. 따라서 그의 사유록은 조선시대 국토기행의 이동 경로와 작가의 방외인적 삶을 재조명하는 데 매우 중요한 자료이다.

김시습의 사유록은 조선시대 전국의 산하와 국토의 문화유산을 답사하면서 기록한 일종의 여행시집이다. 이러한 사유록에는 『유관서록』, 『유관동록』, 『유호남록』, 『유금오록』 등과 같이 조선의 국토기행이 전반적으로 포함되어 있다. 이 책들은 김시습의 『매월당집』에 모두 수록되어 있다. 그런데 『매월당시사유록』은 기자헌(1562~1624)이 『매월당집』에서 선별한 작품을 엮은 책이다. 『유관서관동록』은 윤춘년이 1551년 김시습의 유고 중에서 관서와 관동을 유람한 내용의 일부를 별도로 엮은 것이다. 이렇게 사유록은 『매월당집』에 수록되어 비교적 일찍부터 다양하게 간행된 것으로 보인다.

김시습은 조선의 산하를 유람하는 여행서사를 통해서 자신의 고뇌와 작가의식을 보여준다. 『유관서록』에는 고려의 흥망과 우리 민족의 기상 및 고구려의 문화유산을 답사한 감회가 담겨 있다. 『유관동록』에는 금강산의 절경과 신선의 세계를 내포한 오대산의 산수 자연을 답사한 내용과 동해안의 중심도시 강릉의 문화유산을 읊었던 내용이 수록되어 있다. 『유호남록』과 『유금오록』에는 백제문화와 신라문화의 터전인 호남과 영남의 문화유산을 유람한 내용을 담고 있다. 더욱이 『유호남록』에는 호서지역의 청주와 논산을 유람한 내용이 포함되어 있고 『유금오록』에는 서울을 다녀온 내용도 포함되어 있다. 이러한 사유록에 나타난 김시습의 국토기행은 수많은 문학창작의 현장을 생성하는 계기로 작용한다.

현재까지 김시습의 문집이나 저작을 담고 있는 자료는 매우 다양하다. 그의 문집은 『매월당집』, 『매월당속집』, 『매월당별집』, 『매월당외집』, 『매월당집부록』 5종이 존재한다. 그중에서도 전반적인 문집의 분량과 내용 및 편차를 살펴보면 『매월당집』이 본집인 것은 분명하다. 선조의 명으로 1583년 예문관에서 발간된 『매월당집』에는 이자(李耔, 1480~1533), 이산해의 서와 윤춘년, 율곡의 <김시습전>이 수록되어 있다. 그런데 『매월당외집』에는 『금오신화』와 더불어 『묘법연화경별찬』, 『십현담요해서』, 『대화엄법계도서』 등의 불교적인 내용이 수록되어 있어서 주목된다.

조선시대 문집은 후손이나 제자들에 의해서 간행되는데 반하여 김시습의 『매월당집』은 왕의 명에 의해서 간행되었다. 아마도 그의 문집을 간행할 후손이나 제자가 없었기 때문이다. 『중종실록』에 의하면 김시습이 세상을 떠난 지 18년 만에 그의 유고를 수집하여 간행하라는 명을 내린다. 한평생 방외인으로 살았기 때문에 흩어진 김시습의 유고를 찾는데 오랜 시

간이 소요된 것으로 보인다. 이자의 서문을 보면 중종이 명한
지 십 년 동안 겨우 세 권의 책을 얻었는데 이것은 김시습의
친필본으로 추정된다.

조선후기에도 박상, 윤춘년은 김시습의 새로운 유고를 수집
하여 문집 간행을 지속하고 있다. 이렇게 조선시대 김시습의
문집은 그를 존경하는 후학에 의해서 거듭 출간되었다. 조선
후기로 이행하면서 유학의 절개와 의리를 강조하는 사회적 분
위기와 일맥상통했기 때문이다. 김시습을 혼란한 사회에서 불
의에 항거한 절개의 화신이자 시대의 비판자로 높이 평가하여
후학의 모범으로 삼았던 것이다.

김시습은 왜 국토기행을 떠났을까?

김시습의 생애와 방외인적 삶을 파악하기 위해서는 국토기
행과 문학창작의 현장을 살펴볼 필요가 있다. 당시의 정치적
관점에서 보면 세조의 왕위찬탈이 방외인적 삶의 유력한 원인
일지도 모른다. 세종에서 문종, 단종으로 이어지는 왕위계승의
전통이 계유정란과 세조의 왕위찬탈로 인해 유학적 세계관이
완전히 전복되었기 때문이다. 정치적 격변으로 강상의 윤리가
무참히 짓밟히는 현실을 목격한 김시습은 유학을 공부해 관직
에 진출하려던 오랜 꿈을 버릴 수밖에 없었다.

어린 시절부터 김시습은 외조부와 성균관의 학자들에게 유
학의 도리를 배우면서 청운의 꿈을 품어왔다. 그런데 세조의

왕위찬탈과 타락한 정치 현실에서 유학자의 절개와 양심은 처참하게 허물어진 것이다. 냉혹한 정치권력과 맞서 유교적 의리와 명분을 실천하기보다는 권력투쟁의 욕망이 난무하는 사회로 변모했기 때문이다.

그럼에도 김시습은 자신의 삶을 지탱해준 유학적 세계관과 자유로운 양심을 온전히 지켜내고 싶었다. 곡학아세와 권력투쟁이 넘쳐나는 한양을 떠나 맑고 깨끗한 산수 자연에 머물기를 소원했다. 그래서 유학자의 양심과 의리를 지키기 위해서 타락한 정치현실을 벗어나 조선의 산하를 유람하는 국토기행을 떠난다. 유교적 절개를 지키기 위해 그는 권력투쟁의 욕망이 난무하는 서울을 떠나 전국을 방랑한 것은 분명하다.

그렇다고 계유정란과 세조의 왕위찬탈 사건으로 그의 국토기행과 방외인적 삶을 모두 설명할 수는 없다. 김시습보다 강력하게 유교적 의리로 저항한 사육신도 있지 않은가? 1456년 6월에 성삼문, 박팽년, 이개, 하위지, 유성원, 유응부 등의 사육신은 단종을 위해 목숨을 걸고 세조의 왕위찬탈에 저항한 충신들이다. 유학적 세계관과 양심을 지키기 위해 목숨을 버린 사육신은 죽어서도 만고의 충신으로 존경받았다.

그런데 김시습은 사육신처럼 강력한 저항을 하지 못한 생육신에 속한다. 아마도 한미한 강릉 김씨의 가문을 부흥시켜야 하는 막중한 책임이 그의 어깨를 짓누르고 있었기 때문이다. 김시습은 원호, 이맹전, 남효온, 조려, 성담수 등과 함께 생육신으로 분류된다. 생육신도 사육신과 동일하게 세조의 왕위찬탈에 반대하며 유학적 의리와 양심을 지켰던 충신이다. 사육신과 함께 죽지 못하고 살아남은 자의 슬픔을 간직한 생육신은 낙향해 절개를 지키며 은거할 수밖에 없었다. 이러한 사육신과 생육신 사이에서 제3의 길을 모색한 여행생활자가 김시습이다.

조선의 국토기행을 통해서 김시습은 산수의 아름다움과 풍류를 즐겼지만 관직에 대한 미련을 완전히 버릴 수가 없었다. 이 때문에 국토기행에서 출사와 은둔을 반복한 것으로 보인다. 몰락한 가문을 부흥시켜야 하는 막중한 책임이 그의 어깨를 짓누르고 있었는지도 모른다. 당시 유학을 공부하는 학자가 관직을 포기하면 산수 자연에 깃들 수밖에 없다.

김시습은 조선의 국토기행을 통해서 가슴에 쌓인 답답한 심정을 풀어보려고 끊임없이 노력했다. 그럼에도 세조의 왕위찬탈과 가문의 부흥 및 내성적 성격으로 인한 대인기피증 등은 김시습의 상황을 더욱 어렵게 만들었다. 김시습의 고민이 깊어지면서 해결의 실마리는 보이지 않았다. 현실을 벗어나 한평생 조선의 국토를 여행했기 때문에 그의 발길이 닿지 않은 산하는 거의 없을 것이다.

조선시대 국토기행의 의미

조선 초기 김시습의 국토기행은 매우 중요한 의미를 가진다. 비록 왕위찬탈의 역사적 사건으로 유교적 의리와 절개를 지키기 위한 방편이었지만, 전국을 유람한 국토기행은 매우 소중한 가치를 지니고 있다. 국토기행에는 작가가 방문했을 때의 문화유산이 구체적으로 등장하기 때문이다. 그가 방문했던 수많은 문화유산이 임진왜란과 병자호란 및 한국전쟁 등으로 파괴되어 안타까울 따름이다. 그래도 500년 전의 문화유산과 문학창작의 현장을 확인할 수 있다는 점에서 주목된다.

김시습은 조선시대 국토기행에서 만난 지역민, 지방관, 유학자, 승려 등과 다양하게 교류하였다. 더욱이 전국의 산하를 유람하면서도 항상 손에서 책을 놓지 않았다. 국토기행의 여정에서 유교, 불교, 도교, 문학, 역사 등과 관련된 수많은 책을 읽고 다양한 갈래의 글쓰기와 풍부한 저술을 남겨 놓았다. 이러한 인적 교류와 독서경향 및 글쓰기는 국토기행의 방외인적 삶과 작가의식을 풍부하게 보여준다. 특히 김시습은 경주 금오산 용장사에서 최초의 한문소설 『금오신화』를 창작한다. 이 때문에 국토기행은 문학창작의 현장에서 작가의 미의식을 새롭게 이해하는 즐거움을 선사할 것이다.

국토기행은 문학 작품의 창작에만 영향을 미치는 것은 아니다. 세조의 왕위찬탈과 불합리한 세상을 경험한 김시습은 사육신처럼 죽지도 못했다. 그렇다고 간신배들과 어울리며 세조의 정권에 출사하지도 않았다. 그는 제3의 새로운 길을 선택해 산수 자연을 유람하면서 가슴에 쌓인 울분을 풀어낸 것이다.

혼탁한 시대에 양심적 지식인이 선택한 제3의 길은 산수 자연을 유람하는 국토기행과 방외인적 삶으로 나타난다. 이러한 국토기행을 통한 방외인의 고통이 어쩌면 살아남은 자의 슬픔이기도 하다.

조선시대 김시습과 떠나는 국토기행은 방외인적 삶의 실체를 파악하는 계기가 될 것이다. 조선의 산하를 유람한 김시습은 삶에 대한 애착을 느꼈을 뿐 아니라 올바른 사상과 실천의 중요성을 깨달았다. 그의 발걸음은 역사의 흥망에 대한 확인과 조선의 국토에 대한 예찬을 함께 보여준다. 특히 국토기행의 현장에서 확인한 우리 역사의 주체성과 여행생활자의 고달픈 현실을 진솔하게 담아내고 있다. 이렇게 타락한 현실을 벗어나 자신의 내면을 성찰하는 국토기행은 언제나 새로운 깨달음을 동반하기 마련이다.

2. 김시습의 생애와 이동 경로 탐색

지금부터 500년 전 방외인으로 살았던 김시습은 어떤 생애와 이동 경로를 보여주었을까? 조선시대 초반기를 풍미했던 작가의 생애와 이동 경로는 단순하지 않다. 당시 벼슬길에 진출한 문인들과 달리 김시습은 매우 다양한 삶의 이동 경로를 보여준다. 1435년(세종 17) 서울의 성균관 부근에서 출생한 김시습은 평생 조선의 국토를 유람하다가 충남 부여의 무량사에서 환갑을 넘기지 못한 채 1493년(성종 24) 봄에 파란만장한 생을 마감한다. 이러한 작가의 방외인적 생애와 이동 경로를 탐색하는 발걸음은 언제나 기쁨과 설렘으로 가득하다.

김시습, 말보다 글을 먼저 배우다

김시습의 발자취를 찾아가는 여정은 생각보다 만만치 않다. 조선의 국토를 뻔질나게 유람하여 정확한 이동 경로를 파악하기가 쉽지 않기 때문이다. 김시습은 서울의 성균관 부근에서 출생하여 그곳의 문화적 풍토에서 어린 시절을 보냈다. 부친은 하급 무반인 충순위에 봉해졌으나 병약해서 취임하지 못했다. 그래서 아버지의 따뜻한 사랑을 그리워하면서 어머니의 보살핌을 받으며 성장한다. 따라서 김시습은 모친과 외가의 영향을 절대적으로 받았다.

당시 이웃에 살던 최치운이 『논어』의 <학이(學而)> 편에 처음 나오는 "배우고 때때로 익히면 기쁘지 아니한가(學而時習之 不亦悅乎)"에서 '시습(時習)'이라는 이름을 지어준다. 그는 외조부의 가르침을 받아서 일찍부터 시를 짓고 유학을 공부하며 젊은 시절을 비교적 평탄하게 보냈다.

보통 사람과 달리 김시습은 말보다 글을 먼저 배웠다. 어쩌면 외조부가 김시습에게 글쓰기 조기 교육을 시켰는지도 모른다. 왜냐하면 몰락한 강릉 김씨 집안을 부흥시킬 막중한 책임이 그에게 있었기 때문이다. 그래서 글쓰기는 탁월했지만 말하기가 항상 두려웠다고 고백한다. 이러한 말하기의 두려움은 대인관계의 위축과 내성적인 성격을 심화시켰을 것으로 짐작된다.

천부적 재능을 타고난 김시습은 어린 시절부터 곧잘 시(詩)를 지어 주변 사람들을 놀라게 했다. 이러한 글쓰기 능력 덕분에 천재와 신동으로 소문이 자자했다. 더욱이 성장하면서 성균관의 유학자들에게 『논어』, 『맹자』, 『대학』, 『중용』 등의 사서와 『시경』, 『서경』, 『역경』 등의 삼경을 공부했다. 드디어 오세(五歲) 신동으로 알려진 김시습의 총명함을 전해들은 세종까지 그 능력을 시험한 일화는 유명하다.

모친의 죽음과 불운이 겹치다

그런데 15세에 어머니가 세상을 떠나면서 김시습에게 불운의 그림자가 서서히 드리워진다. 관향인 강릉에서 3년간 어머니의 시묘살이를 하는데 외할머니마저 세상을 떠난다. 사춘기에 어머니와 외할머니의 죽음을 목격한 김시습은 삶과 죽음에 대해서 고민하고 방황한다. 부친이 유명무실한 상황에서 모친은 그에게 절대적인 영향을 미친 인물이다. 자신이 의지했던 모친이 세상을 떠나는 불운을 극복하기 위해서 순천 송광사에서 불법을 공부하기도 한다. 당시 송광사의 준상인 스님에게 불법을 배운 것으로 짐작된다.

송광사에서 6개월 동안 마음을 다잡은 김시습은 다시 서울로 올라와 유학 공부와 과거시험을 준비했다. 그 당시 훈련원 도정 남효례의 딸과 결혼하여 안정된 가정을 꾸려나갈 절호의 기회를 잡았다. 그런데 세상은 김시습에게 안정된 가정의 행복을 허락하지 않았다. 행복한 결혼 생활을 하지도 못한 채 아내가 세상을 떠나고 말았기 때문이다.

평소에도 다소 폭넓은 학문을 닦았던 김시습은 안타깝게도 과거시험에 낙방하고 말았다. 당대 촉망받던 신동이 과거시험에 낙방한 사건은 커다란 충격으로 다가왔을 것이다. 아내의 죽음으로 어수선한 분위기에서 과거시험을 제대로 준비하지 못한 것으로 짐작된다. 어쩌면 폭넓은 학문탐구와 달리 과거시험에 대한 상당한 심리적 불안을 느꼈는지도 모른다.

과거시험에 낙방한 김시습은 책을 짊어지고 삼각산 등안봉 아래에 있는 중흥사로 들어갔다. 청운의 꿈을 품고 중흥사에서 과거시험에 철저히 대비한 것으로 보인다. 그런데 1453년 10월 10일에 수양대군은 단종을 보필하던 고명대신 김종서와 황보인 등을 죽이고 권력을 장악한다. 이른바 유학의 사상과 정신을 뒤바꾸는 계유정란이 발생한 것이다. 그 뒤에 1455년 정란공신들의 협박으로 단종은 수양대군에게 왕위를 물려줄 수밖에 없었다. 수양대군이 군왕에 등극하면서 계유정란은 명실상부한 성공한 쿠데타로 막을 내렸다.

그 이듬해 6월에 사육신이 단종의 복위를 논의하다가 발각

● 삼각산 중흥사의 옛 모습, 청운의 꿈을 품다.

되어 죽음을 당한다. 모반죄로 처형된 사육신의 주검은 아무도 수습하지 않았다. 이긍익의『연려실기술』에는 김시습이 박팽년, 유응부, 성삼문, 성승 등의 시신을 거두어 노량진 언덕에 묻어주었다고 한다. 사육신과 연루된 죄로 단종은 1457년 강원도 영월로 유배되었다가 그곳에서 세상을 떠났다. 삼각산 중흥사에서 비보를 접한 김시습은 모든 책을 불 지르고 승려의 옷을 입고 방랑길에 올랐다. 이때부터 조선의 국토를 여행하는 방외인적 삶으로 들어선 것이다.

김시습의 국토기행은 관서와 관동, 호남과 영남뿐만 아니라 전국을 아우른다. 그중에서도 사유록은 24살에서 37살까지 청년기의 방랑과 국토기행을 담고 있다. 그는 인생의 황금기에 관서, 관동, 호남, 영남 등의 국토기행을 통해서 산수 자연과 역사의 흥망 및 문화유산을 답사한다. 이러한 국토기행은 가슴에 쌓였던 울분을 해소하고 자신의 양심과 절개를 지키는 데 상당한 도움이 되었을 것이다.

사유록의 국토기행에서 돌아온 김시습은 서울의 수락산에 정착한다. 세조가 승하하고 성종이 등극하여 새로운 기대를 품었기 때문이다. 그런데 서울에는 계유정란의 공신들이 요직을 담당하고 있어서 자신의 꿈을 펼칠 수가 없었다. 관직을 포기하고 다시 관동으로 떠난다. 이러한 기행시집은 『명주일록』과 『관동일록』에 수록되어 있다. 1475년 수락산에 있을 때 『십현담요해』와 1476년 『대화엄일승법계도주병서』를 지어 불교사상을 논한다.

김시습, 꿈꾸다 죽은 늙은이

장년기에 해당하는 49세 이후에는 관동일대를 떠돌다가 양양의 낙산사와 설악산에 정착하기도 한다. 50세 이후에는 양양의 설악산에 있을 때 <나의 삶>이라는 시에 자신의 생애를 보여준다. 젊어서는 명리를 쫓았지만 늙어서는 사람의 도리를 못함을 부끄럽게 생각한다. 유학의 근본인 충효도 이루지 못했는데 무엇을 더 바랄 수 있는가 반문한다. 그러면서도 자신이 품은 뜻은 후세의 평가로 돌리고 있는지도 모른다.

● 김시습의 자화상(계명대 소장)

百歲標余壙	나 죽은 뒤 내 무덤에 표할 적에
當書夢死老	꿈꾸다 죽은 늙은이라 써준다면
庶幾得我心	나의 마음 잘 이해했다 할 것이니
千載知懷抱	품은 뜻을 천년 뒤에 알아주리

　김시습이 바라던 유학의 덕치와 왕도정치의 세상은 결국 물
거품에 불과했다. 타락한 세상을 벗어나 자연에 깃들어 방랑
과 은둔으로 점철된 자신의 방외인적 생애를 직시하고 있다.
그래서 자신의 무덤에 "꿈꾸다 죽은 늙은이"라고 적어달라고
당부한다. 그는 불합리한 세상과 타협하지 못하고 조선의 국

토를 유람하면서 평생을 길 위에서 보냈다. 가슴속에 품은 이상과 꿈이 얼마나 많았을지 짐작하고도 남는다.

1485년에는 서울의 수락산 거처를 떠나 다시 관동의 동해에 머물렀다. 관동에는 은거하기 좋은 설악산과 그 당시 친하게 지내는 양양부사 유자한이 있었기 때문이다. 그곳에서 자신의 생애를 <동봉의 여섯 노래(東峯六歌)>로 지어서 모순에 찬 자신의 삶을 회고한다. 현실을 벗어나 국토기행을 지속하고 있는 작가의 구슬픈 처지를 반영하고 있다. 여기에는 젊은 시절의 희망과 좌절이 고스란히 나타난다.

有客有客號東峯	나그네여, 동봉이란 이름의 나그네여
鬢影白髮多龍鐘	헝클어진 흰머리에 초라한 모습
年未弱冠學書劍	젊어서는 서와 검을 배웠으나
爲人恥作酸儒客	시큼한 선비 짓을 부끄러워하였기에
一朝家業似雲浮	하루아침에 가없이 뜬구름 같아져
波波挈挈誰與從	허둥허둥 다급히 떠났으니 누구를 따르랴
嗚乎一歌兮歌正悲	아 첫 번째 노래 구슬픈 이 노래
蒼蒼者天多無知	검푸른 저 하늘은 도무지 모르누나

무량사, 그의 발길이 멈춘 곳

김시습은 1491년 서울에 돌아와 친구들을 만나 이야기를 나누었다. 그리고 관동으로 다시 돌아갔다. 그런데 무슨 일인지 정확히 모르겠지만 다시 호서 지역으로 발걸음을 옮겼다. 말년을 관동에서 보내다가 충청도에서도 오지로 손꼽히는 만수산 무량사로 급히 이동한다. 그의 나이 58세가 되는 1492년(성종 23)이 저물 무렵 무량사에 도착했다.

무량사는 충남 부여군 외산면 만수산 자락에 있다. 무량사는 신라시대 범일국사(810~889)가 창건했으며 고려 고종 때 중창하여 대찰의 모습을 갖추었다. 그 뒤에 임진왜란으로 소실되어 인조 때와 1872년 중창하여 오늘에 이르고 있다. 무량사 극락전에는 아미타불을 주불로 모시고 있다. 지금도 극락전은 2층 구조로 화려한 모습을 보여준다. 자연을 벗하면서 자유롭게 승속을 드나들었던 김시습은 무량사 선방에서 『묘법연화경』의 발문을 써주었다.

무량사에 도착한 김시습은 병이 들어 몸과 마음이 야위어갔다. 1493년 새싹이 돋는 봄날 선방에 누워서 길 위의 나날, 자신의 국토기행을 되새겨 보았다. 그는 불합리한 세상에서도 의리와 양심을 지키며 올곧게 살고자 했던 지식인의 삶을 회상하였다. 세상에 태어나 조선의 산하를 떠도는 방랑길이 만수산 무량사에서 멈추었다. 그 순간 자신의 생명이 얼마 남지 않았음을 직감했다.

김시습은 왜 아픈 몸을 이끌고 머나먼 만수산 무량사로 왔을까? 기록에는 없지만 아마도 무량사와 각별한 인연이 있었던 듯하다. 대전 동학사에서 단종의 제사를 지낼 때 무량사의 스님과 인연을 맺었을 것으로 짐작된다. 이 때문에 생을 마감할 장소로 무량사를 선택한 것으로 보인다.

그는 무량사 선방에 앉아서 봄비가 내리는 절집의 풍경을 오랫동안 감상한다. 선방과 극락전 사이에는 산에서 내려오는 개울물이 졸졸졸 소리 내며 흘러갔다. 선방에서 극락전을 바라보며 자신의 심경을 <무량사에 병들어 누워(無量寺臥病)>라는 시(詩)로 표현하고 있다.

春雨浪浪三二月 봄비 줄기차게 흩뿌리는 삼월
扶持暴病起禪房 선방에서 병든 몸을 일으켜 앉는다
向生欲問西來意 그대에게 달마가 서쪽에서 온 까닭을 묻고 싶
　　　　　　　다만
却恐他僧作擧揚 다른 중들이 거양할까 두렵군

오랜 방랑으로 육신은 지쳐 있었고 가슴속의 울분을 다 삭여내지 못했다. 봄꽃이 무리지어 필 무렵 무량사 선방에 누워서 자신의 생애를 회고하면서 세상을 떠났다. 김시습은 거듭된 방랑과 은둔적 삶에서도 자유와 절개를 지키기 위한 치열한 몸부림을 보여주었다. 무량사에서 길 위의 나날, 국토기행은 영원히 멈춰버렸다. 김시습의 육신은 무량사에서 멈추었지만 그의 사상은 조선후기 유교적 충절을 상징하는 절개의 화신으로 거듭 되살아난다.

• 무량사에 잠든 김시습의 부도

　무량사에서 생을 마감한 김시습의 육신은 그냥 주변에 매장되었다. 3년 뒤에 화장을 하기 위해서 관을 열어보니 생전의 모습 그대로 있었다고 한다. 불교의식에 따라서 육신을 화장했는데 사리가 나와서 부도를 만들어주었다. 김시습의 부도 주변에는 아름드리 소나무가 절개를 상징하는 듯하다.

　조선시대 불합리한 세상을 벗어나 전국을 여행했던 작가의 염원이 부도를 감싸고 있는 소나무의 상징을 통해서도 나타난다. 부도전의 소나무는 조선시대 국토기행을 통해서 자유로운 영혼과 양심을 지키고 올곧은 삶을 살고자 노력했던 김시습의 사상을 보여준다. 앞줄의 3층 팔각 석조물의 부도 속에 김시습의 사리가 봉안되었다고 한다.

무량사에서 생을 마감했기 때문에 김시습의 자화상도 봉안하고 있다. 무량사의 극락전과 산신각 사이에 있는 매월영당에 자화상이 걸려 있다. 이 초상화는 현전하는 김시습의 그림 중에서도 비교적 원본에 가까운 것으로 평가된다. 길 위에서 국토기행을 지속한 김시습의 마지막 모습을 확인할 수 있는 무량사는 중요한 문학창작의 공간이다.

이렇게 김시습의 생애와 국토기행의 이동 경로를 통해서 문학창작의 현장을 확인할 수 있다. 김시습의 삶을 엿보기 위해서는 국토기행의 이동 경로와 문학창작의 현장을 확인하는 작업이 필요하다. 그의 발자취를 따라가면 고민과 번뇌로 잠을 이루지 못하는 애처로운 모습과 국토의 아름다움을 예찬하는 눈동자를 만날 수 있다. 때로는 폐허가 된 문화유산의 현장을 답사하면서 역사의 끊어진 연결고리를 찾는 기쁨도 누릴 수 있다.

조선 초기에 국토기행을 떠났던 작가의 이동 경로는 문학창작의 현장으로 주목해야 할 공간이다. 조선시대 학자들의 이동 경로는 단순했을 가능성이 높다. 그런데 김시습의 이동 경로는 매우 다양한 편이다. 방외의 지식인으로 평생을 보낸 김시

• 무량사 매월영당에 모셔진 김시습의 자화상

습의 이동 경로는 전국의 산하를 아우르기 때문이다. 이러한 김시습의 생애와 국토기행의 중요한 이동 경로는 다음과 같다.

김시습의 생애와 이동 경로

나이	연도	행 적	이동 경로
1	1435(세종 17)	• 서울 성균관 북쪽 반궁리(泮宮里)에서 출생 • 외조부에게 천자문과 시, 소학, 유학을 배움.	성균관 반궁리
5~13	1439~1447	• 세종의 명으로 시를 지어 신동으로 칭찬 받음. • 대학과 중용의 사서삼경과 주역, 예기 등을 배움.	경복궁
15	1449	• 어머니 별세, 상중에 외할머니 별세	강원도 강릉
18	1452(문종 2)	• 3년상, 송광사 준상인(峻上人)에게 불교 배움. • 훈련원 도정(都正) 남효례(南孝禮)의 딸과 혼인	순천 송광사
19	1453(단종원년)	• 과거 낙방, 삼각산 증흥사(重興寺)에서 공부함.	삼각산 중흥사
21	1455(세조 1)	• 세조의 왕위찬탈로 강원도 철원 복계산에 은거	철원 잠곡리
22	1456	• 사육신의 주검을 수습해 노량진에 묻음.	서울 노량진
24	1458	• 봄에 동학사에서 사육신과 단종의 제사 지냄. • 철령 서쪽 관서지방 유람하고 '탕유관서록' 엮음.	관서지역
25~26	1459~1460	• 관동지방 유람하고 '탕유관동록' 엮음.	관동지역
27	1461	• 호남 유람하고 백제의 역사를 반추함.	전라도
28	1462	• 경주 용장사에서 머물면서 '무쟁비' 지음.	경상도
29	1463(세조 9)	• 가을 용장사에서 '탕유호남록' 엮음. • 효령대군 추천으로 내불당에서 묘법연화경 언해	경주→서울
31~34	1465~ 1468(예종 1)	• 원각사 낙성회에서 도첩(度牒) 받음. • 『금오신화』와 산거집구(山居集句) 엮음. • 9월 세조가 승하하고 예종이 즉극함.	원각사→금오산
38	1472(성종 3)	• 수락산에서 벼슬하려고 육경(六經) 공부함. • '유금오록'을 짓고 제자 선행(善行)과 농사 지음.	서울 수락산
47	1481	• 환속해 제사를 지내고 안씨(安氏)의 딸과 결혼함.	강릉, 양양
49	1483	• 안씨와 사별하고 다시 관동으로 떠남.	춘천, 양양
57	1491	• 봄에 삼각산 중흥사에 머물다가 무량사로 이동	중흥사
59	1493(성종 24)	• 2월 무량사에서 별세한 3년(1495) 뒤에 승려들이 화장해 부도를 만듦.	부여 무량사

매월당 김시습의 생애는 수많은 고뇌와 방랑의 연속이다. 그의 생애와 국토기행의 이동 경로는 작가의식을 파악할 수 있는 단서가 되기에 충분하다. 김시습의 주요 이동 경로는 문학창작의 현장과 방외인적 삶의 관련성을 해명하는 데 도움이 된다고 하겠다. 여기서는 청년기에 해당하는 24~37세까지의 국토기행이 담긴 사유록을 집중적으로 살펴보고자 한다.

관서기행과 고구려·고려문화의 현장

1. 관서기행의 이동 경로

　김시습은 관서기행을 통해서 세조의 왕위찬탈과 그 충격으로 가슴에 쌓인 답답한 심정을 씻어버리고 싶었다. 사육신과 단종의 죽음으로 세조정권은 정치권력을 완벽하게 장악했기 때문이다. 그는 세조의 왕위찬탈의 역사적 격변기에 지식인의 양심과 절개를 지킨 생육신이다. 타락한 세상을 떠나 관서 지역의 산수를 유람하면서 관직 진출에 대한 욕망을 떨쳐버렸다. 오랫동안 유학을 공부한 지식인이 관직을 포기하면 산수에 깃들 수밖에 없다.

　1458년 봄에 24살의 김시습은 대전의 동학사에서 억울하게 죽은 단종의 제사를 올린 다음 관서로 향한다. 유교적 의리와 충의가 짓밟히는 타락한 세상을 떠나 관서의 명산과 개성, 평양의 문화유산을 유람하고 싶었는지도 모른다. 이러한 김시습의 관서기행과 이동 경로는 『유관서록』을 통해서 재구성할 수밖에 없다. 『유관서록』에는 관서 지역의 명승지 및 문화유산을 여행한 기행시가 수록되어 있기 때문이다.

관서기행은 폐허로 방치된 고려의 도읍지 개성의 문화유산을 답사하면서 삶의 방향성을 모색하기 위한 몸부림이다. 고려왕조를 무너뜨린 신진사대부들은 개성에서 조선왕조를 건국했고, 그 뒤에 고려의 기운이 스며 있는 개성에서 새로운 도읍지 한양으로 천도한다. 신진사대부들은 한양의 경복궁에서 새로운 조선의 출발을 다짐했다. 이때부터 고려의 도읍지 개성은 역사의 뒤안길로 사라진다. 대신에 개성은 고려왕조를 지지하는 문인들과 조선 창건에 동참한 문인들이 자주 방문하는 회고의 여행지로 전락한 것이다.

김시습의 관서기행은 고려의 도읍지 개성과 고조선 및 고구려의 고도 평양의 문화유적을 두루 살펴볼 수 있는 문화유산 답사 1번지이다. 그는 도성이 있는 서울을 떠나 임진강을 건너서 고려의 도읍지 개성으로 발길을 잡는다. 도성을 감싸고 있는 송악산 아래의 궁궐과 화원, 시장, 태조 이성계의 어진을 모신 목청전 등을 답사하면서 고려의 흥망을 회고한다. 그리고 안화사, 왕륜사, 연복사, 광명사, 불은사, 화장사, 제성단, 성균관 등을 답사한 뒤에 박연폭포로 유명한 성거산, 천마산, 오관산 등의 명승지를 차례로 구경한다.

그는 개성을 떠나 홍의관, 안성관, 용천관 등을 거쳐 절령을 넘어 동선역, 경천역, 생양관, 재송원 등을 지나 평양으로 이동한다. 고조선과 고구려의 수도 평양에서 기자묘, 단군묘, 기자릉, 소왕궁, 영순전 등을 차례로 둘러본다. 그리고 평양의 장경문, 조천석, 부벽루, 기린굴, 영명사, 능라도, 보통문 등과 같이 고구려의 문화유산을 감상하면서 민족의 기상을 생각한다. 이렇게 평양에서는 고조선과 고구려의 뿌리와 그 영광을 확인하는 색다른 경험을 만끽한 것이다.

이제 평양을 떠나 북쪽의 영유, 안주로 이동하여 백상루와 만경루에 올라서 아름다운 풍경을 조망한다. 속고리참, 어천참을 지나 보현사와 우적암을 품은 묘향산으로 들어간다. 늦은 봄날 묘향산의 구봉 정상에 올라가서 팔만 사천 봉우리의 경치를 구경한다. 여기서 그는 북쪽의 적유령을 지나 민족의 영산 백두산을 하염없이 바라보았다. 다시 개평나루를 건너 희천, 어천을 건너 안주에 들어가 백상루에서 친구를 송별한다. 늦가을에 숙천을 지나 평양으로 돌아와 부벽루를 구경한다.

이러한 김시습의 관서기행은 고려의 문화유산이 즐비한 개성과 고조선과 고구려의 문화유산이 풍부한 평양이 핵심을 차지한다. 여기서 멈추지 않고 안주를 지나 묘향산까지 발걸음을 확장하고 있다. 1년 동안 지속된 관서기행은 계유정란과 세조의 왕위찬탈로 얼룩진 세상을 벗어나 자유로운 이동 경로를 보여준다. 타락한 현실을 벗어나 관서 지역의 문화유산을 둘러보는 국토기행은 정신적 충격을 치유하는 데 도움이 되었다. 관서기행은 권력투쟁이 상존하는 서울을 떠나 작가의 가슴에 쌓인 울분과 정신적 충격을 해소하는 계기로 삼았다.

2. 관서기행과 문학창작의 현장

1) 고려의 흥망과 개성의 역사문화기행

개성, 고려의 폐망을 회고하다

새봄에 김시습은 사람들의 왕래가 빈번한 경기도 파주의 낙하를 건너며 유랑을 끝내고 싶은 심정을 보여준다. 아마도 모친이 별세했던 그해부터 산수를 유람한 것으로 생각된다. 옛 도읍지 송도에 도착한 김시습은 500년 동안의 찬란한 고려의 역사가 한바탕 꿈처럼 느껴졌다. 송도의 시장을 둘러보고 옛 성에 올라 폐허의 풍경을 조망한다. 그가 보기에 송도는 소나무와 매화나무가 빽빽하게 둘러싸인 곳은 절집이고, 회화나무와 버들이 무성한 곳은 인가이다. 성곽은 전쟁에도 그대로 남아 있지만 옛 시장은 사람이 없어 쓸쓸했다.

김시습은 개성의 송악산이 옛 대궐을 둘러싸고 있지만 세상의 성패와 흥망은 부질없다고 강조한다. 고려의 화려한 궁궐이 소나무와 가래나무 사이에 방치되고, 궁전에는 들풀이 무성해 역사적 패망을 실감했다. 특히 국가의 중요한 정책을 결정하던 궁궐의 <화원>이 방치된 모습에서 세월의 무상함을 느꼈다.

八角宮中莎草深 팔각 궁궐 속에 잔디 풀만 깊었는데
笙歌寂寞冷沈沈 생황의 노래 적막하니 찬 기운이 침침하네
好花無語但開落 좋은 꽃은 말도 없이 피었다가 지기만 하는데
嘉卉自芳成古今 예쁜 풀은 절로 향기 뿜어 예와 이제 이루었네

팔각 궁궐의 화원에는 풀들이 자라나서 을씨년스러운 모습을 보여준다. 고려의 화려한 궁궐은 세월의 무게를 감당하지 못하고 폐허에 방치되었다. 세상은 흥망과 변화를 거듭하지만 청산은 영원함을 강조하고 있다. 그런데 고려 왕실은 근본을 제대로 확립하지 못해 패망했다고 비판한다. 이것은 고려 말엽에 신돈의 아들이 공양왕에 등극한 것을 말한다. 이 때문에 김시습은 고려 왕실의 정통성과 왕위를 바로잡아야 한다고 주장한다.

목청전은 태조가 왕이 되기 전에 살았던 집인데 그곳에 이성계의 영정을 봉안하고 있다. 이성계의 위화도 회군을 의로운 일로 평가한 김시습은 조선왕조 건국의 정당성을 부여하고

있다. 백성들의 어려움을 해결하기 위해 새로운 조선을 건국한 당위성과 함께 개성의 백성들도 수레제도와 문자를 통일한 태조 이성계를 칭송하고 있음을 보여준다. 심지어 태조 이성계를 중국의 요순에 비유해 자긍심을 높이고 있다.

鼎新禮樂堯天大　예와 악을 개혁하니 요임금의 천하 크고
鼓舞昇平舜日中　승평을 고무하니 순임금 햇속일레라
清廟香煙和瑞氣　청묘의 향 연기는 상서 기운과 섞이는데
彤庭樹色拂祥風　동정의 나무 빛은 상서 바람에 떨치네
要知億億朝鮮祚　억만 년의 조선 운수 알려고 한다면
必自前王肇造雄　반드시 먼저 임금 창업이 큼에서 시작되네

개성의 불교문화기행

봄에 푸른 복숭아꽃 향기가 진동하는 만월대 뒤편의 자하동은 신선의 공간과 같았다. 송악산 자락에 자리한 안화사와 왕륜사는 고려 태조가 창건한 유서 깊은 절집이다. 안화사에서 스님을 만나 나이를 물었더니 웃으면서 뜰의 대나무를 가리킨다. 아마도 스님은 뜰의 '대나무'처럼 항상 청춘이라고 비유적으로 대답한다. 왕륜사는 교종선의 중심 도량으로 고려 공민왕의 아내 노국공주의 영전이 세워졌던 곳이다. 화려한 왕륜사에는 중이 떠나고 옛 대웅전만 남아 방치되고 있다. 이렇게 세월이 흘러가면 모든 것이 사라진다는 점을 분명히 보여준다.

연복사에는 5층 석탑이 높이 솟았는데 맑은 무지개 한 줄기가 옥경에 온 것 같았다. 김시습은 고려왕이 북두칠성에 제사 지내던 제성단을 지나 광명사로 발걸음을 옮겼다. 선종선의 중심 도량인 광명사는 노송에 둘러싸인 깊숙한 곳에 자리하고 있다. 그런데 불은사는 김시습이 예전에 들러서 노닐었던 곳이다. 늙은 소나무가 불은사 상방의 난간에 걸쳤는데 예전에 지은 시의 먹도 아직 안 말랐다고 회고한다. 아마도 관서기행 이전에 불은사와 인연이 있었던 것으로 보인다.

개성에 있는 옛 국학은 성균관을 말한다. 이곳은 본래 고려의 별궁이 있었으나 1089년 당시 최고 교육기관인 국자감을 옮겨왔다. 고려의 국자감은 성균감, 성균관 등으로 불리다가 1362년에 성균관으로 확정되었다. 1396년(태조 5) 한양에 새로운 성균관을 건립하면서 개성의 성균관은 향교로 변경되었다. 김시습은 성균관에서 공자의 학문을 공부하는 것을 좋아했으나 과거시험은 두려웠다고 고백한다. 그래서 유학 공부에서 벗어나 거문고 소리를 들으며 조선의 산하를 유람한 것이다.

> 已畏身遭司馬害　몸이 사마의 해 만남을 이미 두려워했으니
> 那知書向祖龍焚　글이 조룡의 분서함이 될지를 내 어찌 알리
> 杏壇花下延綠久　행단의 꽃 아래에 인연 편지 오래되니
> 怳若清琴入耳薰　황연하게 거문고의 맑은 소리 들리는 듯하네

보봉산 화장사는 인도의 승려 지공과 인연이 깊다. 지공은 원나라를 거쳐 고려에 불법을 전하여 백성의 환대를 받았다. 화장사는 불법이 천축에서 동쪽까지 전해지는 과정을 보여준다. 그런데 지공선사는 고려 왕실의 환영을 받지 못했지만 수많은 백성들에게 희망을 준 민중불교 교리를 전파하였다. 이 때문에 김시습은 지공선사의 흔적이 남아 있는 절집을 지속적으로 방문한다. 관서기행에서 시작된 지공선사에 대한 존경심은 관동, 호남, 영남 등의 국토기행에서도 지속되고 있다.

김시습은 소나무와 삼나무가 푸른 오관산의 골짜기로 들어가 노닐었다. 고려 태조 왕건은 오관산 기슭에 살았다. 소나무 숲길을 따라 걸어간 오관산 자락의 영통사는 시냇물에 그림자가 비치고 있었다. 영통사는 천태종을 개창한 대각국사 의천과 인연이 깊다. 의천은 영통사에서 출가해 사상을 정립하고 마지막 육신의 무거운 굴레도 그곳에서 벗어버렸다.

그런데 천마산과 성거산 사이에서 오랫동안 폐사된 영통사는 2005년에 새롭게 복원되었다. 분단된 현실에서 남북한이 힘을 합쳐 천태종의 성지를 복원한 것은 통일로 가는 매우 바람직한 일이다. 김시습은 낙산대사 의천에게 자신의 절개를 꺾고 절을 올렸다. 그는 조선의 산수를 좋아하는 천석고황(泉石膏肓)의 병이 있지만 충분히 자제할 수 있다고 고백한다.

박연폭포, 세상의 근심을 씻어주다

김시습은 산골짜기 돌길이 위태로운 성거산에 올라가서 자신의 미래를 제시한다. 인생이 건장하여 상쾌했지만 인간 세상과 멀어졌음을 솔직하게 보여준다. 그래서 조선의 산하와 명승지를 찾아서 유람하겠다는 의지를 분명히 제시하고 있다. 타락한 세상과 만 리나 떨어진 강호에서 마음대로 다니며 국토기행을 지속하고 싶었다.

바위 벼랑에 걸쳐진 금심암은 퇴락했지만 저문 종소리가 돌아갈 발걸음을 재촉했다. 맑은 샘물이 흐르는 뇌검천의 물로 차를 마시니 세상의 번뇌를 깨끗이 씻어내는 듯 상쾌한 기분이 들었다. 뾰족한 봉우리 높이 솟은 천마산은 은하수에 꽂혀 마치 신의 비밀을 간직한 별천지와 다르지 않았다.

이제 그의 발걸음은 박연폭포로 향한다. 천마산과 성거산의 웅장한 화강암에서 떨어지는 물줄기는 박연폭포의 장엄함을 보여준다. 박연폭포는 조선시대 서경덕, 황진이와 더불어 송도삼절로 유명

• 정선의 〈박연폭포〉, 호쾌함의 백미를 보여준다.

하다. 더욱이 조선후기 겸재 정선의 박연폭포 그림은 세상의 근심을 씻어주기에 충분하다.

蒼崖萬丈何雄哉 푸른 벼랑 일만 길이니 얼마나 웅장한가
上有泓潭千尺深 위에 넓은 못 있으니 깊이가 천 척이라
蟄龍睡起怒不禁 서린 용이 잠을 깨자 노함을 금치 못해
噴出明珠千萬斛 맑은 구슬 뿜어냄이 천만 섬이 되는구나

2) 고구려의 기상과 평양의 역사문화기행

김시습은 1458년 24세의 봄이 지나갈 때 개성에서 평양으로 발길을 잡았다. 개성으로 들어오는 길목인 절령을 지나 황해도 황주의 동선역을 거쳐 평안도로 들어가는 길목인 경천역으로 발걸음을 돌렸다. 경천역에서는 고향에 대한 그리움이 사라졌지만 고개 마루에 걸린 달이 자신의 외로운 심정을 엿보는 것 같았다. 안성관에서는 밝은 달을 보고 기뻐서 시를 지었다. 짚신 한 켤레만 가진 단촐한 모습으로 용천관에 도착했을 때 맑은 달이 산위로 떠올라 반갑게 맞이해주었다.

평양, 민족의 뿌리를 생각하다

평안도 중화군 생양관에서 소나무가 우거진 재송원을 거쳐 서쪽의 머나 먼 패수로 발길을 잡았다. 패수는 대동강의 옛 이름이다. 대동강은 열수, 패수, 패강 등 다양한 이름으로 불렸다. 대동강은 '여러 물이 모여서 돌아 흐른다'고 한 고려 때 문신 최자(崔滋)의 시에서 유래한 것이다. 무심하게 흐르는 대동강에 떠 있는 달은 깨끗하지만, 인간의 욕심은 끝이 없는 죽순과 같았다. 김시습은 세상사의 '희로애락'이 모두 한바탕 꿈이라고 읊었다. 그러면서도 봄날 봉황대에서 봉황을 부르는 노래를 지었다.

鳳兮鳳兮卽我都　봉황새여 봉황새여 우리 서울 올지어다
梧桐十萬生高岡　오동나무 십만 그루 높은 뫼에 나 있다네
又有猗猗竹萬竿　또 무성한 대나무가 일만 개나 있으니
足以夷猶充汝腸　이유하여 그대 속 채우기에 족하리라

　위의 시와 같이 봉황대에서 봉황을 부르는 노래는 권력투쟁의 욕망이 난무하는 서울을 태평성대로 만들려는 작가의식이 내포되어 있다. 봉황새가 서울에 날아오기를 희망하는 것은 세조의 왕위찬탈로 전복된 정치권의 욕망을 개선해주기를 소망한 것이다. 예부터 봉황은 훌륭한 군주의 탄생과 함께 태평성대를 상징한다. 봉황은 오동나무에 앉아서 대나무의 열매만 먹는다는 민중의 상상력을 내포한 이야기로 유명하다. 타락한 서울에 봉황이 날아와서 권력투쟁을 종식시키고 유교적 세계관을 확립시키려는 작가의식이 투영된 것이다.
　평양에서는 『초사(楚辭)』의 구가에 비유하여 고조선의 단군,

기자, 후토, 분연 등의 역사를 차례로 읊었다. 초나라 사람 굴원이 쓴『초사』는 지방색을 띤 문학양식이다. 이 책은 중국 초나라 지방의 언어와 문화를 담고 있는 남방문학의 대표작이다.

이러한 초사에 비유하여 김시습은 아사달에 내려와 나라를 열었던 단군과 주나라에 굽히지 않고 조선에 들어와 백성들을 깨우치게 한 기자를 칭송한다. 그리고 농경에 필요한 땅과 물을 관장하는 후토와 분연에게도 제사를 지낸다. 이렇게 김시습은 고조선의 창업자와 농경신에 대한 제사의식을 노래로 읊으며 민족의 뿌리와 역사를 답사한다.

봄에 큰 나무들이 무성한 평양당의 토지신에게 한 해 농사의 풍년을 기원하는 제사를 지냈다. 세월이 흘러 옛 사당의 단청이 떨어졌지만 백성들은 기자의 묘를 존숭하여 제사를 정성스럽게 올렸다. 그리고 고조선의 시조가 태백산에 신령한 발자취를 남겼던 단군의 묘로 발걸음을 재촉한다. 소왕궁에서는 공자의 덕이 거룩하여 만국이 천년 동안 존숭할 것이라 주장한다. 능묘가 웅장한 기자릉에는 소나무와 가래나무만이 쓸쓸하게 서 있다. 영숭전에서는 기자의 천녀 도읍지가 조선의 웅대함에 속한 것을 보여준다.

那知箕子千年地　어찌 알랴 기자 일천 년 도읍지가
盡屬熙朝萬世丘　밝은 조정 만세의 웅대함에 다 속할 줄을
創業豊功似周室　창업하신 풍성한 공이 주실과도 비슷하니

也應地下問洪疇　또한 응당 지하에서 홍주 물으리라

　　김시습은 풍월루에서 반쯤 취해 옥피리 소리를 들었다. 풍류를 즐기지 못하고 손님이 돌아가려고 할 때 눈물로 이별한다. 봄날 푸른빛이 도는 마둔나루를 건너 차문의 소루에 올라서 경치를 조망한다. 기자의 천년 도읍지 평양을 돌아본 김시습은 옛 성만이 남았다고 회고한다. 그런데 평양에서 김시습은 관가의 어세와 아전의 과세를 피해 힘겹게 살고 있는 어촌 사람들의 생활을 반영한 애민시도 지었다. 백성의 고통은 관에서 부과하는 세금의 횡포 때문이라는 사회 비판적 인식을 담고 있다.

　　평양성 서쪽 창해가의 삽석연에 들어가 번잡한 세상과 명예를 싫어하는 사람에게 시를 지어주었다. 김시습은 봄날 아침에 장경문을 나갔다가 계수나무 꽃으로 차를 마시고 저녁에 영명사로 돌아왔다. 하룻밤 영명사에 투숙하니 작은 뜰에는 달빛이 가득했는데 세상의 이름난 영웅들이 무생함을 깨달았다. 영명사는 본래 고구려왕의 별궁이다. 평양의 대동강, 능라도를 한눈에 조망할 수 있는 영명사는 관서에서 가장 빼어난 경치를 보여준다. 김시습은 고구려 동명왕의 구제궁이 바로 영명사라고 주장한다.

　　기린굴은 고구려의 시조 동명왕의 구제궁 뒤의 대동강 주변에 있는 자연굴을 말한다. 동명왕은 그곳에서 기린을 길렀다고 한다. 조천석은 기린굴 남쪽 대동강 가운데 있는 큰 바위를 말한다. 고구려의 시조 동명왕이 기린굴에서 기린을 타고 하늘로 올라갔다는 바위이다. 일연의 『삼국유사』에는 조천석을 영석(靈石) 또는 도제암이라 기록하고 있다.

부벽정, 〈취유부벽정기〉의 창작 배경

늦은 봄날 안개가 자욱한 능라도를 보았다. 예부터 경치가 빼어난 능라도는 대동강에 있는 섬으로 모란봉과 부벽루와 마주보고 있었다. 평양의 부벽루는 본래 영명사에 소속된 누각으로 건축되었다. 12세기에 '대동강의 맑고 푸른 물 위에 떠 있는 정자'라는 뜻에서 부벽루로 이름이 변경되었다. 그래서 지금은 영명사와 관계없이 독립된 누각으로 활용되고 있다. 평양의 대동강 주변에 우뚝 솟은 부벽루에서는 해질녘에 정과 흥이 일어나서 가만히 있을 수가 없었다.

回磴千尋樓百尺　회등은 천 길이요, 누각은 백 척이라
朱甍碧瓦映江潯　붉은 마루에 푸른 기와는 강가에 비치네
風光未老年將老　풍광은 아니 늙었으나 나이는 늙으려 하고
雲物無心人有心　구름은 무심하나 사람은 유심하네

위의 시는 평양에 처음 도착해 부벽루를 보고 지은 작품이다. 부벽루는 진주의 촉석루, 밀양의 영남루와 함께 3대 아름

다운 누각으로 손꼽힌다. 김시습은 부벽루의 경치를 감상한 다음 묘향산으로 올라갔다가 평양으로 되돌아와서 다시 시를 창작한다. 그는 부벽루에서 해질녘 평양의 가을풍경을 조망하면서 고려왕조의 패망을 회상하고 있다.

浮碧樓高秋水深　부벽루는 높다랗고 가을 물은 깊었는데
暮煙山色共沈沈　저녁놀과 산빛이 함께 깊이 잠겼는데
青雲橋畔野草暗　푸른 구름다리엔 들풀이 푸른데
古塔刹頭幽鳥吟　옛 탑과 절 머리엔 그윽히 산새가 읊조리네
遠浦風生歸客帆　먼 포구에 바람이니 나그네 배 돌아오고
荒城日落動寒砧　황폐한 성에 해가 지니 쓸쓸한 다듬잇소리 나네
白鷗不管興亡事　백구는 흥망사에 관계하지 아니하여
出沒緣波無箇心　푸른 물에 드나들며 아무 마음이 없네

벽루연회도〉(국립중앙박물관 소장)

『금오신화』에는 평양의 대동강에서 노닐었던 <취유부벽정기(醉遊浮碧亭記)>가 수록되어 있다. <취유부벽정기>에는 평양의 명승지로 금수산, 봉황대, 능라도, 기린굴, 조천석, 추남허, 고구려 동명왕의 구제궁 터인 영명사, 부벽정 등을 소개하고 있다. <취유부벽정기>는 대동강의 부벽정에서 홍생과 기자의 딸이 시를 주고받는 방식으로 구성되어 있다. 이러한 작품의 줄거리를 간략하게 요약하면 다음과 같다.

개성에 사는 부자 홍생은 글도 잘하고 풍류도 즐기는 젊은 선비이다. 마침 평양에 도착하니 기생들이 홍생에게 추파를 던졌다. 친구가 잔치를 열어서 후한 대접을 해주었다. 평양의 대동강에 배를 대고 술에 취한 흥취를 견디지 못한 홍생은 배를 타고 부벽정으로 거슬러 올라갔다. 홍생은 갈대숲에 뱃줄을 매어두고 사다리로 올라가 부벽정의 경치를 감상하였다. 달빛이 은은한 부벽정은 마치 하늘 위 옥황상제가 살고 있는 선경과 같았다.

홍생은 부벽정에서 고구려의 폐망을 탄식하면서 6수의 시를 지어 읊었다. 부벽정에 올라보니 감개가 무량하여 시를 읊으니, 흐느끼는 강물 소리가 창자를 끊는 듯하다. 대동강 물결은 푸르지만 천고의 흥망사를 한탄한들 소용이 없었다. 홍생은 폐망한 국가를 회고하면서 한숨짓고 울면서 시를 읊은 후에 춤을 추었다.

뜻밖에도 아름다운 여인이 부벽정에 내려와 술과 시로

서로의 마음을 유쾌히 풀어보자고 청한다. 그 여인은 은
나라 후손인 기자의 딸인데 하늘에서 부벽정에 내려와 옛
일을 회고하여 시를 지었다. 기자의 딸은 자신의 조상이
위만에게 보위를 빼앗겨 조선의 왕업은 끊어졌지만 절개
를 굳게 지켰다고 말한다. 이 때문에 신인(神人)이 자신을
하늘나라로 데려가 신선처럼 살았다고 한다.

그런데 어느 가을날 저녁에 밝은 달을 쳐다보니 고국과
고향 생각이 간절했다. 그래서 하늘에서 인간 세계로 내
려가 조상의 산소를 배알하고 부벽정에 올라 회포를 풀어
버리고 싶었다. 그들은 부벽정에서 천상과 현실을 넘나드
는 신비로운 이야기를 나눈 뒤에 이별한다. 천상으로 돌
아간 여인을 사모한 홍생은 병을 얻었으나 그의 꿈에 여
인이 나타나 천상의 벼슬을 내린다는 말을 듣는다. 홍생
은 생을 마감했는데 마치 신선의 모습과 같았다고 한다.

이러한 <취유부벽정기>는 김시습의 관서기행과 연관되어
있다. 그중에서도 평양의 문화유산을 답사한 경험을 토대로
작품을 창작한 것으로 생각된다. 대동강의 부벽정은 <취유부
벽정기>에 등장하는 매우 중요한 공간배경이기 때문이다. 김
시습은 관서기행에서 부벽정의 경치를 감상한 뒤에 두 편의
시를 남겨놓았다. 아마도 관서기행의 여정에서 평양의 부벽정
을 둘러본 경험을 토대로 <취유부벽정기>를 창작한 것으로
짐작된다.

그는 십 리에 수양버들이 늘어서고 따뜻한 바람이 부는 평양의 황화관에서 술에 취했다고 고백한다. 배꽃이 핀 달 아래서 수천 수의 시를 지었고 강가에서 마신 술이 일 백배이다. 끝없는 풍류와 인물이 무성한 평양은 정사가 공평하고 농사는 풍년이 들었다. 조선 땅은 그대로임에 틀림없지만 문물과 의관은 옛날 것보다 좋다고 주장한다. 평양을 둘러본 김시습은 고려보다는 조선의 문물이 발전했다고 생각한다.

평양 서쪽의 보통강 주변에 세워진 보통문 누각에 올라 경치를 바라보며 돌아갈 생각을 못하였다. 보통문은 고구려의 평양성 서문으로 축조되었다가 1473년 새롭게 중건되었다. 평양 서북방향의 관문인 보통문은 장중하고도 안정된 느낌을 주는 고려시대 건축양식을 보여준다. 산과 강이 마주보는 자리에 건축된 보통문은 주변 풍광이 참으로 곱다. 특히 임진왜란과 한국전쟁의 포화 속에서도 옛 모습을 그대로 간직한 보통문은 신기할 따름이다.

3) 묘향산의 산수문화기행

안주성의 문화유산답사

김시습은 평양을 떠나 명산의 아름다운 경치를 찾고자 하는 심정을 보여준다. 그래서 평양을 출발해 순안과 영유를 지나 안주로 발길을 잡았다. 안주성은 서북지방에서 남북으로 통하는 군사적 요충지에 쌓았던 고구려의 석성이다. 예전에 김시습의 증조부 김윤주가 안주성 목사로 있었던 곳이기도 하다. 그래서 안주성은 관서기행에서 매우 친숙한 공간인지도 모른다. 고구려의 기상을 품고 살아가는 안주 백성들을 본 기쁨을 <안시성에 들어가서(入安市城)>라는 시를 통해 보여준다.

依依安市城	그립고 그립던 안시성 안에
藹藹暮烟橫	자욱하게 저녁 연기 널려 있구나
向北山河壯	북쪽을 향한 산하가 웅장한데다
連西草樹平	서쪽으로 연결된 풀과 나무 평평하구나
晴江飛白鳥	갠 강엔 흰 새가 날아가는데
小郭露朱甍	작은 성엔 붉은 용마루 드러났구나
到處心無累	이르는 곳마다 마음에 누가 없으니
吾知得此生	내 이승 얻었음을 짐작하겠네

안주군 북쪽 청천강 주변에 있는 백상루에 올라서는 수나라 백만 대군이 패배한 역사적 현장에 강물만 밤낮으로 슬퍼한다고 읊었다. 김시습은 아마도 611년 을지문덕 장군이 청천강이 내려다보이는 곳에서 수나라의 침략을 물리친 살수대첩을 상상한 것이다. 살수는 지금의 청천강을 말한다. 고구려 을지문덕 장군이 수나라의 침략을 물리친 곳이 바로 살수이다.

고려 때 세워진 백상루는 백 가지 경치를 한눈에 볼 수 있

다고 해서 붙여진 이름이다. 백상루는 의주의 통군정, 평양의
연광정 등과 함께 관서팔경의 하나로 손꼽힐 만큼 아름답다.
1595년(선조 28) 평안도 영위사 이현이 백상루의 모양과 전망을
묘사한 <백상루별곡>도 유명하다. 이렇게 백상루는 관서 8경
가운데 으뜸일 뿐만 아니라 안주의 가장 대표적 명승지이다.

김시습은 안주성 서북쪽 강변에 있는 칠불사로 향했다. 칠
불사는 612년(영양왕 22) 살수대첩에서 공을 세운 일곱 명의 승
병을 위해 지은 사당을 말한다. 을지문덕 장군의 전략에 속아
서 평양성 근처까지 진격한 수나라 군은 청천강으로 퇴각한다.
고구려 군의 기습 공격으로 군사들의 사기가 땅에 떨어진 상
태에서 보급품마저 끊어졌기 때문이다. 수나라 군이 청천강을
건너지 못하고 망설이고 있을 때 홀연히 나타난 일곱 명의 중
이 강을 건너갔다. 그 모습을 보고 강을 건너던 수나라 군은
모두 수장되었다. 그래서 칠불사 앞에 있는 일곱 개의 돌기둥
을 칠옹중이라 부른다.

안주의 만경루에 올라 경치를 조망하기 위해 온종일 홀로
서 있었다. 평안도 안주를 여행하다가 사랑스런 한 해의 운치
를 보았다고 고백한다. 관서기행을 통해서 자연의 아름다움을
마음껏 구경하는 기쁨의 이면에는 오랜 세월만 허비했음을 반
성하고 있다.

묘향산, 은둔하고 싶은 신선의 세계

김시습은 속고리 참을 지나 영변의 어천참에서 머물다가 늦은 봄에 돌아가고 싶은 생각이 들었다. 어천을 건너 산골의 인가에서 잠을 잤다. 두메산골의 인가에서는 한곳에 머물지 못하여 천지에 뜬 부평초 같은 인생을 읊조렸다. 그는 산골에 들어가 자연과 벗하면서 벌써 일 년이 되었음을 한탄한다. 내일 아침에는 신선의 세계와 같은 묘향산으로 발걸음을 향한다. 묘향산으로 가는 길에 구름만이 자신을 맞이할 것이라 생각한다.

예로부터 조선 8경의 하나인 묘향산은 산세가 기묘하고 측백나무가 자생하여 '향기를 풍기는 아름다운 산'이란 뜻에서 이름이 유래했다. 묘향산은 비로봉과 보현사가 있는 깊은 계곡지대가 있어 신선의 세계로 유명하다. 이 때문에 묘향산은 방외인 김시습의 안식처로 적당한 곳이다. 그는 묘향산에 은거하면서 가슴에 쌓인 울분을 해소하고 싶었다. 묘향산은 세상의 시비(是非)가 들리지 않는 선불(仙佛)의 영험이 스며 있는 명산이기 때문이다.

그의 발걸음은 만봉이 겹겹이 둘러싸고 있는 묘향산 보현사에 도착했다. 보현사는 고려시대 창건되어 1042년 굉확에 의해 묘향산의 대가람이 되었다. 보현사는 968년(광종 19)에 탐밀대사가 창건한 화엄종의 고찰이다. 그 당시에는 안심사라고 했다. 1042년 굉확대사가 주석하여 많은 제자들이 모여들어 묘향산의 대가람이 되었다. 특히 나옹화상이 보현사의 주지로 머물렀던 인연은 각별하다. 왜냐하면 김시습은 지공선사의 제자인 나옹화상과 인연이 깊기 때문이다. 세상 사람들의 출입이 드문 보현사에서 김시습의 고뇌와 방랑은 완화된 것으로 보인다.

自我來普賢	내가 보현사에 온 뒤로
心閑境亦便	마음도 한가하니 지경도 편안해
石鼎沸新茗	돌솥에다 새 차를 끓여내고
金爐生碧煙	쇠 향로엔 푸른 연기 피어오르네
以我方外人	나 같은 방외의 사람으로서
從遊方外禪	속세 떠난 선사를 따라 놀면서

위의 시에서 묘향산 보현사에 머물 때는 그의 마음이 참으로 평안했다. 그곳에서 신선의 도를 물으니 도는 더욱 굳어져 버리고, 불교의 관심을 하려면 마음을 다시 닦아야만 했다. 그래서 묘향산 보현사에 은거하여 한평생 자연과 벗하며 즐기는 것을 꿈꾸었는지도 모른다. 관서유람을 떠날 때부터 선비의 옷을 벗어버리고 승려의 차림을 한 것도 이 같은 산수에 은거하려는 생각을 보여준 것이다.

묘향산 남동쪽 기슭에 자리한 보현사의 우적암에서는 천리

밖에 고향을 두고 자연을 유람해 하늘 끝에 왔지만, 맑고 깨끗한 맛을 그 누구도 알지 못한다고 반문한다. 보현사 상수좌와 함께 어린 시절 누원(樓院)에서 시를 주고받았는데 오늘 묘향산에서 솔바람 소리 들을 줄 어찌 알았을까 반문한다. 그리고 비로봉, 문수봉, 보현봉, 지장봉, 관음봉, 미륵봉, 나한봉, 의상봉, 상원봉 등의 묘향산 봉우리에 올라가서 서북쪽의 전경을 한눈에 바라보았다. 팔만 사천 봉우리를 바라보니 세상의 인연이 모두 한순간에 사라졌다. 아미봉에 올라서는 자신과 조각구름, 외로운 학만이 속되지 않았다고 자부한다.

올해는 관서에 잠시 머물다가 내년에는 북해 변방을 돌아보려고 다짐한다. 한 줄기 은하수가 푸른 공중에 드리운 상원폭포의 맑은 물줄기 소리를 들었다. 김시습은 상원에서 봉래산 신선의 반열에 들었다고 감격한다. 어쩌면 혼탁한 세상을 벗어나 자신의 영혼과 양심을 지킬 수 있는 묘향산에서 신선의 세계를 동경한 것으로 보인다.

이런 신선이 사는 옥경에 대한 관심은 백두산을 바라본 소감을 통해서도 잘 나타난다. 김시습은 백두산을 실제로 여행하지는 않았을 것이다. 사실 묘향산에서 북쪽의 백두산이 보일 리 만무하다. 그럼에도 우리 민족의 영산인 백두산을 바라본 소감을 장쾌하게 노래한다. 묘향산 봉우리에서 바라본 백두산은 눈에 아련할 뿐이다. 실제로 가보지는 못했지만 마음의 눈으로 백두산을 바라본 소감을 제시하고 있다.

長白山連鴨綠波 장백산은 압록강의 물결과 잇대어 있고
界分夷夏玉嵯峨 이하의 경계 나눠 옥같이 솟아 있네
以吾萬里雙青眼 내 만 리 보는 한 쌍의 맑은 눈을 가지고
朔漠山低平似劃 저 몇 겹의 천점 산을 다 살펴보리라

예전부터 동남을 경계한 적유령을 바라보면서 임금의 성덕이 미치고 있음을 보여준다. 십 리에 푸른 소나무가 자라고 있는 동관음사의 마을이 인간 세상을 피하기에 적합한 무릉도원임을 제시한다. 관음사에서 무생을 깨달으면 억지로 관심할 필요가 없다고 한다. 달밤 뜰에 놀면서 두견새 소리를 들었다. 두견새는 돌아가기를 재촉하여 작가의 마음을 어지럽게 했다. 그런데 현실로 돌아가면 타락한 세상에 물들기 때문에 먼 산에 살면서 높은 산에 의지하려는 심정을 보여준다. 따라서 김시습은 권력투쟁이 상존하는 서울을 떠나 묘향산에 은거하면서 신선의 세계를 동경하고 있다.

첨복에서는 치자 꽃이 피어 맑은 향기를 품어내고 있었다. 강해에서 해를 넘긴 나그네 김시습은 좋은 산과 임천에 머물겠다고 다짐한다. 저물녘 생각은 이승을 끊어버리고 산하에 머물고 싶었다. 올해는 이 절에서 지냈지만 내년에는 어느 산으로 갈 것인지 한탄스러웠다. 그럼에도 혼탁한 세상의 명리와 벼슬을 버리고 청정한 산으로 들어오는 사람이 없는 조선 사회를 비판적 시각으로 바라본다. 속세를 끊어버린 산중의

외로운 구름과 밝은 달이 언제나 자신을 반겨주는 손님이다. 이 때문에 산중에서 속세의 인연을 끊어버리고 살고 싶었던 것으로 보인다.

개평나루를 건너 거처를 옮기려 하는데 푸른 봉우리가 김시습의 마음을 알아주었다. 백성이 편안한 희천에서 고을수령과 함께 모정에 앉아 있으니 무릉도원의 풍경이 따로 없었다. 가을 단풍이 붉게 물들었을 때 보따리 메고 산을 나왔다. 그런데 산위의 흰 구름과 쓸쓸한 개울물 소리가 그를 애타게 붙잡는 듯했다. 산속에 집을 지으면 십 년의 속세 행적을 보호해달라고 요청한다. 다시 어천을 건널 때는 인간 세상의 갈림길을 어떻게 선택해야 할지 어렵다고 한다.

안주의 성곽에 낙엽이 떨어지니 흥망은 변해도 청산은 의구했다. 안주성의 가을 풍경을 바라볼 때 살수의 여울물 소리가 애간장을 끊고 있었다. 김시습이 노을 지는 강루에서 고향산천을 그리워했기 때문이다. 서울 친구와 함께 백상루에 올라 이별의 아쉬움을 노래했다. 중선루에 올라서 수나라의 패망과 당나라의 정벌이 모두 부질없었음을 비판한다. 온종일 다함이 없는 한을 품고 남쪽의 장안을 바라보며 생각에 잠겼다.

평안남도 영원권의 별호인 요원을 바라보니 모든 가을빛은 갈대밭에 있었다. 서해가 고요해 파도가 일어나지 않는 안융현도 화평하였다. 그런데 동네의 닭과 개가 시끄러운 것은 취한 사람을 부축하고 밤에 지나갔기 때문이다. 아마도 당시 김시습은 안융현을 지나가면서 술에 취한 것으로 보인다.

가을에 숙천의 보암과 동림사에서 놀았다. 동림사에서는 강해를 십 년 동안 수고로이 쏘다니며 만 리 길을 마음대로 배회한다. 김시습은 조선의 국토를 의기양양하게 여행하는 즐거움을 노래하고 있다. 단풍이 노란색으로 물들 때 백석사를 찾아왔는데 맑은 흥취는 수많은 시를 제공하는 밑거름이 되었다. 이렇게 묘향산 주변의 절집과 안주의 문화유산을 답사하면서 김시습은 가슴에 쌓였던 울분을 해소한 것이다.

3. 관서에서 만난 사람과 읽은 책

관서기행의 공간에서 승려, 지방관, 사신 일행 등과 같이 다양한 사람들을 만났다. 고려의 옛 도읍지 개성에서 인간 세상의 별천지를 즐기던 거사 민담을 만났다. 당시 민 거사는 현학(玄學)을 공부했는데 그것은 불교와 도가를 말한다. 유학을 공부한 김시습은 세상의 인연을 잊으려 해도 기묘한 마음이 있어 편안하지 못했다.

거사 이몽가를 만났는데 그는 예문관 대제학을 지냈던 이행(李行)의 아들이다. 계유정란에 가담한 이몽가는 정난공신 3등에 책록된 인물이다. 김시습은 격물의 지식과 하늘의 이치를 깨달았던 이몽가에게 『예경』의 내용보다 마음의 변화에 모든 것이 달려 있다고 일침을 가한다.

산속에 숨어 평생 고요한 선방에서 세상의 이치를 깨달은 근사와 함께 이야기하고자 한다. 근사는 불교의 오묘한 진리를 깨달았던 도력 높은 스님이 아닐까 한다. 김시습은 <근사와 이야기하다(與根師話)>를 통해서 세상에 대해 혈기 왕성했던 자신의 모습을 반성하고 불도에 정진하겠다는 다짐을 보여준다.

지방관으로서 백성을 공평하게 다스리던 송도유수를 찾아갔다. 당시 송도유수는 김광수이다. 후덕한 송도유수 김광수는 선정을 베풀어 백성들의 원통함을 씻어주었다. 김시습은 송도유수의 선정을 지방관의 모범적 사례로 평가하고 있다.

王錫君侯白玉麟　임금이 유수에게 벼슬을 내려주어
專城聖化愛斯民　오로지 성에 임금의 덕을 펼쳐 백성을 사랑하네
政淸於水澄無滓　다스림은 물보다 맑아 찌꺼기가 없는데
寃雪如神德有隣　원한 씻음이 신통하니 후덕함은 이웃을 두네

평양소윤 송처검(1410~1477)의 어진 정사를 칭찬하며 시운에 화답한다. 세종 16년 문과에 급제한 송처검은 세조가 정권을 잡던 1455년 원종공신 2등에 책록된 인물이다. 송처검은 사육신으로 단종에게 충성을 다한 유성원의 처남 송처관과 형제간이다. 세조의 정변으로 사육신 유성원이 처벌되면서 자신의

재산과 관직도 몰수당했다. 그럼에도 송처검은 지방관으로서 정무를 공평하게 처리한다.

평양 북서쪽에 위치한 순안의 원에게는 선행을 펼쳐 칭찬받는 관리가 되길 당부한다. 순안군수 임공이 학교를 일신하고 낙성기제를 지어 달라고 해서 적어주었다. 교관인 옛 친구와 함께 성균관에 들어가 세상의 공명을 알지 못했던 과거를 회상한다. 김시습은 학문을 통해 의를 실천하고 있는 친구의 모습을 보고 기뻐한다. 순안을 떠나 바다와 인접한 영유로 향한다. 영유의 수령도 백성들을 위해 선정을 베풀고 있었다. 김시습은 고을의 수령과 함께 모정에 올라서 백성들의 생활을 살펴보기도 한다.

희천에서 원과 함께 모정에 앉아서 백성이 편안한 모습을 지켜보았다. 정사는 맑아 아전으로 은일할 만하고 풍속이 아름다워 민원이 전혀 없었다. 이러한 희천의 모습은 마치 도원과 비슷하였다. 숙천부사가 산중의 좋은 경치를 묻기에 김시습은 시로써 대답해준다. 이름난 천만 봉우리마다 신선의 자취가 남아 있어서 관서의 명승지 중에서 최고로 웅장하다고 한다. 그리고 수군절도사로 근무하던 채명양의 기개를 찬양한다. 백마 탄 장군이 해변에 진을 치고 나라에 공을 세운 지 30년이 된 수사 채명양의 충성을 칭찬하고 있다.

평안도 지방을 관찰하는 부윤 원호연의 충성과 선정을 칭송한다. 더욱이 평양부윤 김연지(1396~1471)의 선정에 대해서는 대동강의 물빛보다 더욱 맑다고 칭송한다. 그런데 김시습이 김연지를 만났는지는 확인할 길이 없다. 왜냐하면 김연지는 평양부윤에 임명된 적이 없기 때문이다. 1457년 한성부윤에 임명된 김연지는 곧바로 이조참판으로 승차되어 명나라 사신으로 떠났다.

한편 평양에서 명나라로 가던 사신일행 김연지와 김수온을 만났다. 김시습은 1458년 정조부사로 명나라에 조회하러 가는 김수온의 시에 화운한다. 세종과 세조 때 활약한 김수온은 시와 문장에 뛰어났을 뿐 아니라 불경번역에도 참여했다. 그는 김시습의 일탈적 행동을 지적하며 『논어』·『맹자』를 다시 자세히 읽어보기를 청한다. 김수온은 유학을 버리고 묵가에 빠진 김시습의 모습에 대해 매우 안타까운 심정을 보여준다.

捨儒歸墨是何心　유를 버리고 묵도로 돌아가니 이 무슨 마음인가
此道元非物外尋　이 도는 본디 물외에서 찾을 것이 아니네
欲識兩門端的意　두 길의 단적인 뜻 알고자 한다면
請看論孟細叅尋　청컨대 논어 맹자 자세히 찾아보게

이러한 김수온의 시에 대해 김시습은 자신의 생각을 분명히 보여준다. 서로의 방법론은 다르지만 양심은 하나이기 때문에 마음만 함양하면 다른 것을 찾을 필요가 없다고 반박한다. 김시습은 『논어』와 『맹자』의 이론에 구속되지 않고 자신의 양심

에 따른 실천의 중요성을 강조하고 있다. 김수온은 유학적 세계관의 관점에서 현실정치에 참여한 인물이다. 그런데 김시습은 불교와 도가적 세계관의 관점에서 타락한 현실정치를 벗어나 국토를 기행하면서 새로운 삶을 모색한 것이다. 즉 현실과 방외에서 각자 추구하는 방법론의 차이는 있지만 깨달음의 본질은 하나라고 강조한다.

世人蒿目又蓬心　세상 사람이 근심하고 좀스러운 마음으로
盡說休官擬遠尋　모두 벼슬 그만두고 먼 것을 찾는다고 말하지만
虛計萬般終失實　헛된 계교 만 가지나 마침내 실함을 잃게 되어
鬢邊霜雪老侵尋　귀 밑에 눈서리가 늙음을 침노하여 찾아들리라

　김시습은 유교와 불법의 상종함은 본래부터 그렇다고 했지만, 자연을 즐겨 찾은 것은 십 년 전부터라고 말한다. 아마도 15살 때 모친상을 당하여 방황하던 시기에 자연을 즐겨 찾았던 것으로 보인다. 자신을 보살펴주던 어머니의 죽음으로 인한 개인적 방황과 세조의 왕위찬탈로 인한 타락한 사회를 벗어나는 방랑은 상당한 차이가 존재한다. 그럼에도 개인적 방황과 사회적 방랑을 해소하기 위해서 자연에 은거하는 마음은 동일한 실정이다.

　재상 김연지는 1413년(태종 13) 문과에 급제한 뒤에 중추원지사로서 명나라 사신으로 임명되었다. 김연지가 설날에 축하

사절로 중국에 간다고 해서 김시습은 "우리 님의 교화를 익찬해 공손하게 황제 앞에 사뢰기"를 요청한다. 또한 설날에 임원준, 김수녕이 중국의 축하사절로 연경에 가는 것을 송별한다. 종사관 사예 임원준과 직강 김수녕은 해양대군을 세자로 봉해줄 것을 청하는 사신의 일행으로 명나라로 가던 중에 평양에서 김시습을 만났다. 서장관 김관(1425~1485)이 중국 사신으로 가는 것도 송별해주었다.

평양 소윤 김영유, 판관 박철손이 광법사에 찾아와 김시습을 위로해주었다. 관서기행을 마치고 평양의 광법사에 머물고 있을 때 김영유와 박철손이 방문한다. 김영유는 1457년(세조 3) 평양부 소윤이 되었다. 박철손은 1457년 1월에 평양판관으로 부임한다. 김시습은 일만 집에 밥 짓는 연기가 나서 백성이 편안하고 정사는 맑아서 소란함이 없다고 평양 소윤과 판관의 선정을 칭찬한다.

이렇게 관서에서는 개성의 승려와 평양의 지방관 및 사신 일행과 교류하고 있다. 세조의 공신으로 책록된 지방관과 교류하거나 명나라로 가는 사신에게 임금의 선정을 잘 전해달라고 부탁한다. 평양에서 교류한 사람들은 왕위찬탈에 가담하지 않았을 뿐만 아니라 지방관으로서 선정을 베풀었기 때문이다. 특히 명나라로 가는 사신에게는 국내문제와 국제문제를 구별하여 세조의 선정을 칭송한 것으로 보인다.

관서기행에서 읽은 책

김시습은 관서기행에서 유학, 불교, 도교 등과 관련된 책을 읽었다. 그는 청산의 고요한 선방에 앉아서 차를 자주 마셨다. 달이 잠긴 푸른 시냇물을 떠서 지초를 넣어 끓이면 아주 좋은 차가 되었다. 관서에서도 차를 마시며 다양한 책을 읽는 작가의 모습에서 젊은 유학자의 양심과 자유로운 영혼을 찾아볼 수 있다. 이러한 차와 책은 혼란한 마음을 평안하게 해주는 깨달음의 지혜이다.

관서기행 도중에 『고문진보』를 얻었다. 『고문진보』는 중국 주나라부터 송나라까지의 한시와 산문을 모아서 편찬한 책이다. 편찬자는 송나라 황견이라는 설도 있지만 정확한 것은 알 수 없다. 시선집과 산문선집으로 구성된 『고문진보』는 동아시아의 참된 글을 모아놓은 고전이다. 조선시대 선비들은 세월이 흘러도 변하지 않는 삶의 지혜를 담고 있는 『고문진보』를 필독서로 삼았다.

世間珠璧謾相爭　세상의 주옥들이 부질없이 다투지만
用盡終無一个贏　다 쓰면 마침내 한 개도 남음이 없네
此寶若能藏空洞　이 보밸 만약 공동에 간직할 수 있다면
滿腔渾是玉瑽琤　속에 찬 모두가 옥과 같은 소리 내리라

타락한 세상의 변화와 다툼에도 보편적 진리를 담고 있는

『고문진보』는 유학적 가치를 깨우쳐주기에 충분하다. 김시습은『고문진보』의 이치를 가슴속에 품는다면 옥과 같은 맑은 소리를 낼 것이라고 확신한다. 더욱이 성리 군서를 얻었을 때는 성리학과 관련된 책 속에는 만고의 진리가 담겨 있다고 주장한다.

유학의 진리는 오직 성심(誠心)을 통한 "수신·제가·치국·평천하"의 실천에 달려 있다. 김시습은 유학자의 입장에서 혼탁한 세상을 바로잡을 것을 강조한다. 그래서 평생 동안『고문진보』의 유학적 가치를 실천한 행동하는 학자로 살았다. 따라서 김시습은 혼탁한 세상의 위선을 몰아낼 수 있는 방법으로 동양의 고전적 가치를 내포한 성현의 글을 읽고 실천해야 함을 보여준다.

평양에서 만난 늙은이 이군은 신선을 닮았다. 백발을 한 그 늙은이가 무위(無爲)를 가르쳐 주었다. 그 늙은이는 김시습에게『도덕경』의 일부를 주었다.『도덕경』의 저자로 알려진 노자는 중국 주나라에서 장서를 관리하는 사관이었다. 이 책은 혼란한 사회의 갈등을 줄이고 화합과 평안을 가져오기 위한 삶의 길을 제시하고 있다. 노자의『도덕경』은 유교의 근원은 아니지만 생명 연장의 꿈을 담고 있다.

| 至道淪自然 | 지극한 도리가 자연에 빠져 |
| 皎皎誘群氓 | 화하게도 여러 백성 달래누나 |

雖非仁義源	인의의 근원은 아니라 해도
可以延吾生	우리 생명 연장을 할 수 있다네
相傳數百載	서로 전해 수백 년 되는 동안에
異術紛紛幷	다른 술법 어지러이 섞여 들었네

위의 시와 같이 김시습은『도덕경』을 통해서 자신의 생각을 표현하고 있다. 관서기행에서 불교 공부에 심취했지만『도덕경』을 포함한 도가사상의 지극한 도리를 평소부터 사모했다고 고백한다. 그래서『도덕경』을 몸에 지니고 생명을 연장하는 방법을 배워 신선의 거처에서 노닐고자 한다. 김시습은 유교, 불교, 도가 등에 대한 호기심과 탐구심을 지속적으로 보여주었다. 이런 학문적 토대를 쌓았기 때문에 '유·불·선'을 넘나들면서 조선 초기 학문의 통합적 가치관을 제시한 것으로 보인다.

관서기행에서 김시습은『주심경』의 일부를 얻었다.『주심경』의 편찬자는 중국 남송시대 주자의 학문을 계승한 진덕수(1178~1235)이다. 그는 유교 경전과 도학자들의 저술에서 심성수양에 관련된 글 37장을 뽑고 그 아래 송나라 학자들의 설을 붙여『주심경』을 편찬했다. 진덕수(眞德秀)가 편찬한『주심경』은 마음과 관련된 이해와 수양론이 주자학적 심학의 맥락 속에서 형성된 것이다.

김시습은 마음을 깨끗하게 하려면 그냥 내버려 두어야 한다고 말한다. 『주심경』을 읽어본 뒤에 삼교의 수양하는 방법은 다르지만 그 뜻은 모두 동일하다고 주장한다. 이 책은 석가모니에게 집착하지도 않고 도가와 유교에도 포함되지 않는다. 관서기행에서 『주심경』을 읽을 때마다 자신의 완악함을 치료하고 우둔함을 증명해주었다. 드디어 『주심경』을 세 번 정독해서 읽자 솔바람이 화해지는 느낌이 들었다. 이 때문에 김시습은 세상의 티끌을 털어내고 『주심경』을 곁에 두고 실천하고자 노력한 것이다.

관동기행과 산수문화의 현장

1. 관동기행의 이동 경로

관동기행의 이동 경로를 파악하기 위해서는 김시습의 『유관동록』을 살펴볼 필요가 있다. 『유관동록』은 관동기행의 내용을 풍부하게 담고 있기 때문이다. 이러한 관동기행의 이동 경로는 오랜 세월로 끊어진 작가의 발자취를 찾기 위해서 가끔씩 상상력을 발휘해야 한다. 왜냐하면 『유관동록』은 관동기행의 순서대로 편집되지 않았기 때문이다. 그래도 『유관동록』만큼 관동기행의 이동 경로를 풍부하게 내포한 자료는 없다. 따라서 김시습의 『유관동록』을 토대로 관동기행의 이동 경로를 제시하고자 한다.

강원도 금강산을 답사하고 경기도로 돌아왔다가 다시 원주와 오대산을 거쳐 강릉을 돌아보는 김시습의 관동기행에 무려 2년이 소요되었다. 왕위찬탈의 충격을 해소하기 위해 떠난 관서기행에서 돌아온 김시습은 겨우내 개성에서 지공선사의 유적을 답사한다. 그 이듬해 1459년(세조 6) 25살의 혈기 왕성한 봄날에 고려 왕실의 원찰인 송림사를 출발하여 관동기행을 시작한다.

김시습은 개성의 무너진 고성을 둘러보고 송림사 동안거에 참여한다. 아마도 송림사에서 겨울을 보낸 듯하다. 송림사를 출발해 임진강을 건너서 분포의 절, 포천의 인가에서 유숙하고 다음날 어두워질 때 영평현에 들어갔다. 김화의 누각에서 휴식을 취한 뒤에 단발령(斷髮嶺)을 넘어 꿈에도 그리던 금강산으로 발길을 잡았다.

금강산의 장안사, 표훈사, 정양사를 차례로 둘러보았다. 내금강의 골짜기에 자리한 진헐대, 백천동, 만폭동, 원통암, 진불암, 보덕굴, 세암 등은 청정한 신선의 세계를 보여주는 듯했다. 더욱이 망고대, 만경대, 원적암, 국망봉, 개심폭, 만회암, 송라암 등과 같이 높은 봉우리에 올라서는 주변의 수려한 경치를 감상한다. 김시습은 청정한 금강산의 경치를 답사한 뒤에 다시 단발령을 홀가분한 기분으로 넘었다.

가을에는 보리나루를 건너서 연천 보개산 석대암, 심원사를 답사한다. 가을이 깊어갈 때는 대탄을 건너 대전을 지나 소요산의 소요사와 폭포를 둘러보았다. 서울로 가는 길에 파주의 감악산, 도봉산, 삼각산, 수락산 등의 산봉우리를 보면서 경기도 양주의 회암사로 발길을 돌린다. 여기서 다시 왕심역을 지나 도미협, 용나루, 월계협 등을 건너간다.

그 뒤에 양평 용문산의 용문사, 상원사, 죽장암을 구경한 뒤에 여주의 신륵사로 이동한다. 그리고 원주의 동화사와 절개의 상징인 치악산의 각림사를 지나 방림역, 대화역, 진부역 등의 역참을 통해서 오대산으로 향한다. 오대산에서는 월정사, 상원사, 중대, 서대, 남대, 동대, 북대 등의 암자를 답사한다.

영동과 영서를 나누는 대관령을 넘어서 강릉으로 발길을 잡았다. 구산역을 지나 홍제원 누각에 올라 경치를 조망한다. 강릉에서는 문수당, 백사정, 한송정, 경포대 등의 경치와 동해의 일출을 감상한다. 동해안의 중심 도시 강릉에서는 일출과 신선의 경치를 읊었다.

다시 평창의 오대산에 늘어가 작은 초막집을 짓고 살면서 순로, 여로, 전선로 등의 스님과 교류한다. 오대산을 떠나 백양진, 평창관, 마제진 등을 지나 고산사에서 추석을 맞이한다. 해질 무렵에 평창의 백양진을 건너 평창관에서 하룻밤을 묵었다. 한 해가 지나도록 홀로 유람하다가 평창의 외로운 객관에 도착하니 가을로 접어들었다.

관동기행에서도 세월은 빠르게 흘러 나그네의 가슴에 말하지 못한 회포가 쌓였다. 강 주위에 단풍이 들고 국화가 피어나는 가을에 마제진을 건넜다. 마지막으로 응암굴을 지나 영월 군에서 놀며 주천현 누각에 올라서 경치를 감상한다. 가을 들판에 자리한 고산사에서는 세상을 유랑하는 발걸음을 멈추고 산림에 은둔하고 싶었다. 여행 중에 맞이한 추석 보름달은 김시습의 수심을 위로해주었다. 남루에 올라서 흥이 나면 지나온 옛 유람을 생각했다.

이렇게 『유관동록』에 나타난 관동기행은 봄에 출발해 그 다음해 가을로 끝난다. 봄날 개성의 송림사를 출발한 김시습은 금강산에서 여름을 보내고, 가을에 단발령을 넘어서 경기도 인근까지 이동한다. 양주 회암사에 머물다가 이듬해 봄에 도미협을 건너 동해로 향한다. 대관령을 넘어 강릉의 문화를 답사한 뒤에 오대산에 살면서 여름을 보내고 가을에 백양진과 응암굴로 이동한다. 따라서 김시습의 관동기행은 2년 동안 지속된 것으로 보인다.

이러한 관동기행의 이동 경로는 김시습의 방외인적 삶을 보여준다. 김시습은 금강산, 오대산, 동해의 강릉을 유람하면서 가슴속에 쌓인 회포를 풀었다. 맑고 깨끗한 금강산과 오대산에서는 신선의 세계를 감상한다. 더욱이 대관령을 넘어 강릉의 동해안 일출을 바라보면서 진시황과 서불을 조롱하기도 한다. 김시습은 세속의 티끌이 없는 청정한 관동의 산수에 머물면서 신선의 경지를 경험한 것으로 보인다.

2. 관동기행과 문학창작의 현장

1) 금강산의 경치와 풍류기행

우리 민족의 신령스러운 금강산은 수려한 봉우리와 기암괴석이 어우러져 마치 한 폭의 아름다운 산수화를 빚어내고 있다. 금강산은 계절에 따라 다양한 이름이 불려질 만큼 아름다운 풍경을 연출한다. 봄에는 온 산이 새싹과 향기로운 꽃으로 뒤덮여진 금강산, 여름에는 녹음이 짙어져 마치 신선이 사는 봉래산, 가을에는 깎아지른 절벽에 알록달록한 단풍이 물들어서 풍악산, 겨울에는 낙엽이 지고 앙상한 산등성이가 드러난 개골산 등과 같이 다양한 이름으로 불린다. 금강산의 사계는 자연이 빚어낸 천하의 절창이라는 최대의 찬사를 받기에 충분하다.

금강산은 자연풍광뿐만 아니라 불교문화의 보고이기도 하다. 『신증동국여지승람』에는 금강산의 사찰이 모두 108곳으로 기록되어 있다. 금강산은 수많은 절집을 품고 있어서 불교문화의 영지(靈地)로 유명하다. 그래서 봄에 부르는 금강산의 명칭도 불교의 영향으로 지어졌다. 금강산에는 유점사, 신계사, 장안사, 표훈사, 정양사, 원통암, 진불암, 보덕굴 등의 크고 작은 절집이 즐비하다. 이러한 금강산의 수많은 절집은 맑고 깨끗한 정신수양을 위해 시인묵객의 발길이 끊이지 않는 불교문화의 청정한 도량이다.

• 정선의 〈금강산도〉(간송미술관 소장)

우리에게 금강산은 아름다운 경치보다 민족 분단의 아픔을 상징한다. 철따라 고운 옷을 갈아입는 금강산은 죽기 전에 꼭 구경해야 하는 명산이다. 그럼에도 분단의 상처가 휴전선으로 고착되어 마음대로 갈 수 없는 그리운 금강산이 되었다. 지금은 북녘 땅이 되어버린 금강산에 대한 노래는 한상억 작시, 최영섭 작곡의 <그리운 금강산>이 가장 유명하다. 이 노래는 금강산의 아름다운 사계와 분단된 한민족의 아픔을 절실하게 표현하고 있다.

시인묵객의 금강산 예찬

백두대간의 허리에 자리한 금강산은 주분서령을 기준으로 동쪽을 외금강, 서쪽을 내금강이라 구분한다. 우리가 말하는 금강산은 주봉인 비로봉과 여러 암자와 폭포가 수려한 내금강을 지칭한다. 조선시대 문인들의 문화유산답사 1번지는 바로 금강산이다. 조선의 선비들은 금강산을 구경하는 것이 평생의 소원이었다. 세상살이에 찌들었던 관료와 문인들은 힘든 여정에서도 금강산에 올라 시를 짓고 경치를 구경한 것만으로도 대단한 자부심을 가졌을 것이다. 그만큼 금강산을 유람하는 것은 선택받은 사람들의 행운인지도 모른다.

금강산의 아름다움을 예찬한 시문학은 매우 풍부하다. 아름다운 금강산의 자태는 예전부터 수많은 문인들에 의해서 다양하게 칭송되었다. 이곡(李穀)은 대나무의 굳은 절개를 칭송한 가전체 소설 <죽부인전>을 지은 인물로도 유명하다. 고려 말기 원나라 과거에 급제하여 문장가로 활약한 이곡은 『동유기』에서 금강산의 빼어난 경치를 노래했다. 1349년 이곡은 가을에 개경을 떠나 꿈에도 그리던 금강산 유람에 나섰다. 다행히 날씨가 맑아서 금강산의 일만 이천 봉의 웅장한 모습을 보았다.

조선 초기 명필로 유명한 성석린(成石璘)도 금강산의 다채로운 풍경을 시로 읊었다. 동해에 떠오른 아침 해가 금강산의 수많은 봉우리를 장엄하게 비추는 모습을 보았다. 그는 금강산 봉우리의 높낮이에 따라 햇살을 다양하게 받듯이 사람도 자질에 따라 삶의 이치가 다름을 보여준다. 성석린의 시는 눈앞에 펼쳐진 금강산의 진면목을 화폭의 수채화에 담아낸 듯 선명하다.

조선 중기 붕당정치에서 서인 노론세력의 영수 역할을 했던 우암 송시열의 <금강산>은 군자의 삶을 보여준다. 금강산의 절경을 통해서 현실의 집착과 욕망을 걷어내는 장쾌함을 노래하고 있다. 우암은 산과 구름이 모두 흰색을 띠고 있어서 산인지 구름인지 구별하지 못한다. 그런데 구름이 지나간 자리에는 금강산이 홀로 당당하게 우뚝 서 있었다. 이 때문에 구름이 걷힌 뒤에 금강산의 웅장한 진면목을 제대로 볼 수 있다고 한다.

山與雲俱白　산이 구름과 더불어 흰 색이니
雲山不辨容　구름인지 산인지 분간 못 하네
雲歸山獨立　구름 가자 산만이 홀로 섰구나
一萬二千峰　일만이야 이천봉이라네

이밖에도 선조 때 송강 정철은 <관동별곡>에서 금강산의 절경을 우리말 가사로 읊었다. 영조 때 진경산수화의 경지를 열었던 겸재 정선은 금강산의 풍경을 화폭에 담아내었다. 그리고 개화기의 춘원 이광수는 『금강산유기』에서 "나는 천지창조를 목격했다"라고 하면서 내금강의 아름다움을 극찬한다. 더욱이 금강산의 아름다운 풍광은 국경을 넘어 중국 문인들의 귀에도 들어갔던 모양이다. 북송 때 소식은 "고려국에 태어나서 금강산을 한 번 보는 것이 소원이다."라고 극찬하고 있다.

금강산, 아름다운 경치와 신선의 세계

조선 초기에 금강산을 두루 여행한 김시습은 선택받은 문인이 아니다. 그는 현실의 고통을 씻어내기 위한 처절한 몸부림으로 금강산을 여행한 것이다. 지금도 그렇지만 조선 초기에 금강산을 여행하는 것은 녹록치 않았다. 금강산은 부당한 권력에 아부하는 신하들이 넘쳐나는 혼탁한 세상을 벗어나 가슴속에 쌓인 울분을 씻어내기에 충분했다. 그래서 금강산에 올라 천하의 절경을 마음껏 구경하고 싶었는지도 모른다. 김시습은 불합리한 세상인 서울과 멀리 떨어진 맑고 깨끗한 금강산에서 오랫동안 머무르고 싶었다.

백두산에서 시작된 한반도의 등허리에 해당하는 백두대간의 철령관을 중심으로 관서와 관동으로 나뉜다. 관서기행에서 폐망한 옛 고려와 고구려의 도시를 답사한 뒤에 서울로 돌아왔다. 그래도 가슴에 쌓인 답답함과 울분을 다 씻어내지 못했다. 김시습이 관동으로 발길을 잡은 시기는 관서에서 돌아온 지 얼마 되지 않았을 때이다. 혼탁한 세상을 벗어나 다시 지팡이 집고 관동의 금강산으로 발걸음을 잡았다.

 김시습의 관동기행은 서울에서 출발해 임진강을 건너 강원도 김화를 지나 금강산으로 이어진다. 다음날 아침, 꽃피는 봄날 한적한 길가에 있는 누각에 올라 잠시 휴식을 취했다. 금강산으로 가는 길은 높은 산과 깊은 물이 겹겹이 둘러싸여 빙빙 돌아서 갈 수밖에 없는 험난한 여정이다. 금강산으로 들어가려면 단발령(斷髮嶺)을 넘어야 한다. 금강산의 화려한 경관에 감탄

• 정선의 〈단발령에서 바라본 금강산의 풍경〉(국립중앙박물관 소장)

해 자신도 모르게 '머리를 깎고 승려가 되고 싶은 생각'에서 단발령의 지명이 유래했다. 때문에 높은 산봉우리와 냇물을 지나자마자 단발령에서 아름다운 금강산의 풍경이 한눈에 들어왔다.

드디어 꿈에도 그리던 구름과 안개에 가려진 금강산을 멀리서 바라볼 수 있었다. 금강산은 수려한 풍광과 더불어 유서 깊은 절집들이 즐비한 무릉도원의 경치를 보여주었다. 소나무와 전나무의 그늘 속에 자리한 장안사(長安寺)는 내금강 입구에 있는 첫 번째 절집이다. 김시습은 내금강의 청정한 절집인 장안사에 도착해 여장을 풀었을 것이다. 그곳에서 바라본 금강산의 경치는 세상의 영욕을 잊어버리게 만들었다.

• 장안사 수정문의 모습

松檜陰中古道場　소나무와 전나무 그늘 속의 옛 도량에
我來剝啄叩禪房　내가 와서 박탁하게 선방을 두드리네
老僧入定白雲鎖　늙은 중은 선정에 들고 흰 구름만 잠겼는데
野鶴移樓淸雲長　야학(野鶴)이 옮겨서 깃드니 맑은 운치 길구나
曉日升時金殿耀　새벽에 해 떠오를 때 금빛 전각 빛나고
茶烟颺處蟄龍翔　차 김이 날리는 곳에 서린 용이 날개치네
自從遊歷淸閑境　청한한 경계를 두루 유람하면서부터
榮辱到頭渾兩忘　영욕(榮辱)을 마침내 둘 다 잊어버렸네

　장안사에서 세상의 근심을 모두 씻어버리고 맑고 깨끗한 금
강산의 너른 품에 안겨버렸다. 예로부터 명승지로 널리 알려
진 장안사는 장경봉 아래 비홍교 건너편에 허물어진 터가 남
아 있다. 장안사는 한국전쟁 때 폭격으로 완전히 파괴되었지
만, 조선 중기의 화가 겸재(謙齋) 정선(鄭敾)과 이정(李楨)의 <금강
산 일만 이천 봉>에 장안사가 그려져 있어서 그나마 다행이
다. 장안사를 개축할 때 벽에 산수와 천왕도(天王圖)를 그린 화
려한 절집은 이제 그림속의 풍경으로만 존재해 아쉬울 따름
이다.

　그는 장안사를 구경한 다음 좀더 안쪽에 자리한 표훈사로
발길을 옮겼다. 영롱한 누각이 시냇가에 있는 표훈사는 아름
다운 장관을 연출했다. 김시습은 흐르는 맑은 시냇물을 보면
서 자신의 과거를 회상해보았다. 고단한 몸을 표훈사 선방에

늘어뜨리고 잠을 청했지만, 한밤중에 두견새가 울어서 단꿈에서 깨어날 수밖에 없었다. 표훈사의 적막을 깨는 두견새 소리에도 편히 잠들지 못하는 작가의 모습을 보여준다.

玲瓏樓閣壓淸溪 영롱한 누각이 맑은 시내 눌렀는데
巢鶴枝邊月影低 학이 깃든 가지 끝에 달 그림자 낮았네
半夜蜀禽呼破夢 한밤중에 두견이 울어 단 꿈을 깨치니
聲聲只在老槐西 소리마다 늙은 괴화나무 서쪽에서 나는구나

금강산의 4대 사찰인 유점사, 장안사, 신계사, 표훈사 가운데 유일하게 표훈사만 남아 있다. 표훈사는 금강산 여행길이 열리면 김시습의 발자취를 확인해볼 수 있는 유일한 절집이다. 하루빨리 남북이 슬기로운 지혜를 발휘해 금강산 여행이 다시 시작되길 기원한다. 김시습의 이동 경로를 찾아가는 여정이 분단에 의해서 가로막힌 지도 여러 해가 지났다. 이 사실을 500년 전 방외인 김시습이 알면 얼마나 호통을 칠지 짐작하고도 남는다.

나무가 하늘을 향해 자라는 정양사는 가람이 높고도 넓었다. 정양사는 태조 왕건이 창건해 법기보살의 존상을 모신 곳으로 유명하다. 금강산의 여러 봉우리들을 절 앞의 고개에서 조망하면 자신도 모르게 장엄한 경치에 취해서 절을 올리게 된다고 한다. 정양사는 불법과 신선이 뒤섞인 별천지로 세속

의 인연을 맑게 정화해 주었다. 별천지 세상에 살고 싶었던 김시습은 날이 저물어도 돌아가지 않고 맑은 경쇠소리를 들었다. 단종과 세조 때 정양사에는 지원스님이 주석했다. 정양사의 건축물에 그려진 벽화를 보면서 명산을 유람하는 것이 진묘한 도리에 참여하는 것으로 생각한다. 김시습은 명산유람을 통해서 세속의 번뇌에서 해탈하기를 소원한다.

세상의 티끌을 깨끗이 쓸어낸 진헐대는 참으로 쉴만한 곳이었다. 오래된 소나무에 이끼가 끼고 그 아래 백발노인이 앉아 있었다. 진헐대의 풍경은 마치 신선의 세계에 들어왔음을 실감하기에 충분하다. 김시습은 백발노인과 무생을 이야기하면서 평생 자신의 가슴속에 쌓인 회포를 풀어보기로 작정한다. 그리하여 십 년 동안 닦은 자신만의 가치관과 삶의 방식으로 세상을 살아가리라 다짐한다. 그것은 산수 자연을 유람하는 방외인적 삶으로 나타나고 있다.

長松蘇紋剝	장송에는 이끼 무늬 떨어졌는데
下有皤皤老	그 아래 백발노인 앉아 있구나
相對談無生	마주 앉아 무생을 말하여가니
(…중략…)	
蕩我平生懷	내 평생의 회포를 씻어 버리고
造我十年道	나의 십 년 닦은 도로 나아가리라

금강산 백천동에서는 산골의 물줄기가 소나무와 삼나무 아래로 급하게 쏟아진다. 여러 산골짜기의 아득한 봉우리는 일만 마리의 말이 달리는 듯하고 깊은 바위는 골이 아주 깊었다. 금강산 봉우리에서 내려온 물줄기는 백천동에서 합류한 다음 아래로 급하게 흘러간다. 그래서 속세의 종적이 사라진 신선의 공간인 백천동에서 저물도록 즐기고 돌아가는 것을 잊어버렸다.

김시습은 금강산의 정양사, 진헐대, 백천동 등의 풍광을 즐기면서 속세와 인연을 끊어버리고 싶었다. 만폭동은 금강산의

선의 〈만폭동〉(간송미술관 소장)

배꼽에 해당하는 너럭바위로 온 산의 물줄기가 합수해 아래로 쏟아지는 풍경을 보여준다. 만폭동 폭포에 쏟아지는 장쾌한 물줄기는 자신의 가슴에 쌓인 근심을 단번에 씻어 주었다. 시원하게 떨어지는 만폭동 폭포는 십 년 동안 세상을 유람한 고통을 덜어주기에 충분했는지도 모른다.

萬瀑飛空漱玉花　일만 폭포 공중을 날아 옥화를 씻는데
兩岸薜蘿相騰挐　좌우 언덕 담쟁이는 올라가며 서로 끌어주네
明珠萬斛天不慳　밝은 구슬 만 섬이라 하늘은 아낌이 없어
散此雲錦屛風間　운금병풍 사이에다 흩어 놓는구나
快笑仰看雙石磏　유쾌하게 웃으며 한 쌍의 물 벼랑을 바라보니
一洗十年紅塵蹤　십 년간의 홍진 자취 단번에 씻어내리네

　원통암은 외딴 곳에 자리하여 절집의 경계가 참으로 깨끗했는데 그곳에는 두세 명의 중이 살고 있었다. 원통암에서 바라본 하늘과 땅은 작지만, 마음이 맑아져 꿈을 꾸어도 달콤하기만 했다. 깨끗한 원통암에서 지팡이를 걸어놓고 하룻밤 머물렀는데 소나무와 달이 스님의 말벗이 되어주었다고 한다. 이렇게 김시습은 원통암에서 자연과 인간이 일체가 되는 신선의 경지를 경험한 것으로 보인다.

　진불암은 일천 봉우리 아래로 돌아서 가야하는 험준한 자락에 있다. 연하의 경치가 아름다운 진불암에는 돌을 부처로 모

시고 살아가는 늙은 스님이 있었다. 그곳에 사는 노승의 부탁으로 동자는 차를 끓이기 위해서 달이 담긴 찬 샘물을 길어왔다. 김시습은 구름과 인접한 진불암에서 달이 잠긴 맑은 샘물로 우려낸 차를 마시면서 세속의 고민을 떨쳐버렸다. 이것이 불교의 선다일미(禪茶一味)의 경지로, 차와 선은 하나라는 깨달음을 보여준다.

보덕굴은 신선이 살고 있을 만큼 위엄이 느껴지는 절집이다. 바위 벼랑에 구리 기둥이 암자를 떠받치고 있는 모습은 위태롭기 그지없다. 높은 난간에 기대어 멀리 마음으로 바라보다가 진용에 예를 올리자 머리카락이 곤두선다. 그런데 막상 암자에 들어가면 부처의 얼굴처럼 아늑하기만 하다. 김시습은

• 심사정의 〈보덕굴〉(간송미술관 소장)

보덕굴에서 세상의 모든 근심은 바로 마음에서 출발하고 있음을 보여준다.

銅瓦生衣銅柱高　동와에 이끼 끼고 구리기둥 높았으니
簷鈴風鐸響嘈嘈　처마 끝의 풍경과 풍탁소리도 쟁쟁하구나
寶山巖窟幾尺聳　보덕산의 바위굴은 몇 자나 솟았느냐
銀海波濤終夜號　은색 바다의 파도는 밤새도록 울부짖네
鐵鎖掛空搖嘎嘎　쇠사슬을 공중에 거니 흔들려서 울어대고
雲梯綠壁動騷騷　운제를 절벽에 놓으니 움직여서 시끄럽네
焚香一禮心無襍　분향하고 절을 함에 잡심이 없어지니
疑是仙宮駕六鼇　선궁에 육오(六鼇) 타고 가는 듯하네

　원적암은 금강산 중에서 제일 깊은 곳에 있어서 한 폭의 그림 같았다. 산속 외딴 곳에 자리한 원적암에 찾아오는 사람은 거의 없었다. 그리고 국망봉의 높은 봉우리에는 나무들이 자라지 못해 초목과 덩굴식물이 바람에 출렁거렸다. 국망봉에서는 사람의 시야가 확대되어 커다란 산과 바다도 모두 작게 보였다. 개심폭에서는 "한 줄기 은하수가 구천에서 떨어지"는 것처럼 물이 바위 아래로 떨어지는 풍경을 장쾌하고 묘사하고 있다.
　만회암은 숲속에 다시 지은 조그마한 절집이다. 맑은 곳이 마음에 들어 한나절이 지나도록 머물렀다. 김시습은 맑고 깨끗한 만회암이 마음에 들었던 모양이다. 그래서 금강산의 조그마한 만회암에 오래도록 머물고 싶었던 것으로 짐작된다. 그곳에 머물 때는 기분이 참으로 즐거웠다. 만회암에서 높은 봉우리의 망고대에 올라가니 산이 층층으로 솟아나 풍악의 기세가 웅장하게 보였다. 위태로운 곳을 기어서 올라간 망경대에서는 금강산의 전체적인 경치를 조망했다. 금강산의 높은 봉우리에서 바라본 경치는 신선의 세계를 그린 한 폭의 산수화와 같았다.

김시습의 금강산 답사는 내금강 입구에서 점차 높은 봉우리로 이동하면서 진행되었다. 금강산의 품속으로 들어갈수록 속세의 근심을 잊어버린 신선의 세계에 들어선 기쁨을 누렸다. 아름다운 경치에 마음을 빼앗긴 김시습은 세상의 번뇌를 잊어버렸다. 장쾌한 금강산의 경치를 감상하면서 잠시나마 즐거운 나날을 보냈다. 그럼에도 자신의 마음 한 자락에는 세상에 대한 미련을 완전히 씻어내지 못했다.

금강산의 아름다운 경치를 보면서 십 년 동안 유랑하는 자신의 신세와 고초를 회상해보았다. 계곡을 굽이쳐 흐르는 맑은 물에 비친 자신의 초라한 모습을 물끄러미 바라보며 금강의 기상을 품은 올곧은 학자로 살고 싶은 의지를 다지기도 했다. 아름다운 금강산은 자신의 근심을 풀어주는 신선의 마력을 지녔기 때문이다. 김시습의 금강산 여행은 세상의 번뇌를 한순간에 씻어내는 폭포수와 같았다. 그 역동적이고 장쾌한 움직임을 보면서 마음에 쌓인 울분을 해소한 것이다.

이렇게 금강산은 번잡한 속세와 인연을 끊어버린 맑고 깨끗한 신선의 경지를 보여주었다. 금강산 풍광에 매료된 김시습은 오랜 방랑을 끝내고 싶었는지도 모른다. 조용한 금강산의 아름다운 풍광은 김시습과 찰떡궁합을 보여주었다. 그렇다고해서 금강산에 오래도록 머물지는 못했다. 청춘의 열기로 아직 세상에 대한 애착이 남았기 때문이다. 김시습은 청정한 금강산의 기상을 마음에 품은 채, 오대산과 동해의 강릉으로 발걸음을 재촉하며 국토기행을 지속한다.

곡학아세를 비판하다

금강산 장안사 주변에 기암괴석이 둘러싸인 송라암에서는안개 속에서 늙어간 절집이 처량했으나 맑은 향은 보방에 가득했다. 선방에서 먼 생각과 올바른 일을 그리워할 때 밤은 깊어만 갔다. 등불은 다함이 없는 어둠의 세계를 비추어 중생을열반으로 이르게 한다. 김시습은 한 등이 천 개로 변화하지만천 등이 바로 한 등임을 주장한다. 그래서 공덕을 칭송하기 위해 세운 비석의 허망함을 보여준다. 그런데 벼과의 가늘고도더부룩한 향모는 향기가 그윽한 풀이다. 향모의 향을 피우는것은 믿음으로 황가(皇家)를 깨치려고 했기 때문이다.

푸른 벼랑에 학이 깃든 늙은 소나무는 한쪽으로 기울어졌다. 천년이 지나도 아름다운 학의 태도는 변하지 않아 푸른 하늘을 생각나게 한다. 이슬이 내린 달밤에 하늘 높이 나는 학의 모습을 기특하게 생각하고 있다. 구름 없이 달만 밝은 산에 학이 사람의 감정을 움직여 몇 번이나 삼청과 옥경에 올라갔는지 되묻는다. 아마도 푸른 벼랑에 깃든 학의 모습을 통해서 자신의 고결한 절개를 표현한 것으로 보인다.

김시습은 세상의 권세에 영합하는 소인배를 비판한다. 즉, 명리에 분주하여 곡학아세(曲學阿世)하는 이들을 준엄하게 꾸짖고 있다. 더욱이 학문을 공부한 문장가들이 누구를 위해서 바쁘게 움직이고 있는지 되묻는다. 그래서 <누구를 위해 명리로 달려가느냐(爲誰趨利)>에서는 유학자들이 부당한 권세를 거부하고 늘 푸른 계수나무 숲에서 올바른 행동을 보여주기를 기대한다.

爲誰趨名利	누구를 위하여 명리로 달려
奔馳紫陌中	자맥(紫陌)의 가운데서 분주하느냐
風塵惹人面	풍진은 사람 낯을 유인하는데
榮辱怨天公	영욕은 하늘을 원망하누나
滿目悲生事	눈에 가득 슬픈 것은 일에서 나고
臨歧泣路窮	갈림길에서 눈물 흘림은 길이 막힘이라
不如唾謝去	침을 뱉어 사절하고 돌아가서
高臥桂花叢	계수나무 숲에 높이 누움만 같지 못하리

　　계수나무는 언제나 푸른 상록수로 양심, 절개, 의리를 상징
하고 있다. 세상에서는 깨달음을 파악하지 않아서 몸을 그르
치는 경우가 많다. 김시습은 인간에 대한 도리가 사라져 세상
에서는 임금과 부모를 배반한다고 비판한다. 어쩌면 임금과
부모를 배반한 사건은 수양대군의 계유정란과 왕위찬탈을 우
회적으로 말하는 것인지도 모른다. 그는 유교 윤리가 한순간
에 전복된 비극적 사건을 체험했을 뿐만 아니라 그로 인해 산
수를 유람하는 피해자이기도 하다. 이 때문에 김시습은 수양
대군을 도와서 권력을 잡으려던 간신들의 곡학아세를 강도 높
게 비판한다.

人間滅道理	인간에서 도리가 없어져 버렸고
世上叛君親	세상에선 임금과 부모를 배반했으니
胸礙三生事	가슴엔 삼생의 일이 막히고
頭蒙百尺塵	머리엔 백척이나 티끌이 덮혔네
不如爲俗子	세속 사람 되어서 보통 예대로
例作一窮民	하나의 궁한 백성 되기만 못해라

　　김시습은 세속의 평범한 백성처럼 살고 싶은 작가의 의식을
보여준다. 그럼에도 그는 세상 유람을 끝내고 돌아갈 곳이 없
는 안타까운 심정을 절실하게 표현하고 있다. 세조의 정권에
서 벼슬하는 것은 위험할 뿐 아니라 벼슬을 추천해줄 인맥도

없었기 때문이다. 그래서 관동기행에서도 근심을 완전히 떨쳐 버리지 못하고 자신의 슬픈 그림자를 안타깝게 바라본다. 눈물이 흐르는 슬픈 세상을 벗어나 자기 분수에 맞게 인적이 드문 산수에서 조용히 생활하고 싶은 심정을 보여준다.

悲悲當世事	슬프고도 또 슬픈 그 세상 일을
欲說更潸然	말하려면 더욱 더 눈물이 나네
百歲爲他事	백세토록 남을 위해 심부름 하다
長年被累牽	나이 늙어 누(累)에 끌림을 당하네
不如安是分	제 분수에 편안한 줄 알지 못하면
底處樂吾天	어디 가서 나의 세상 즐길 것인가

위의 시에서 말하는 '슬프고도 또 슬픈 그 세상 일'도 세조의 왕위찬탈을 지적하는 듯하다. 금강산을 여행하면서 김시습은 세조의 왕위찬탈에 대한 비판적 시각을 뚜렷이 보여준다. 아마도 빼어난 금강산의 산수를 여행하는 기쁨과 동시에 지나간 옛 일을 회상하고 있었기 때문이다. 그의 시는 타락한 현실을 벗어나 신선의 세계를 보여주는 금강산에서 올곧게 살고 싶은 깨달음을 보여준다. 따라서 작가의 방외인적 삶에서 금강산은 세조의 왕위찬탈을 비판함과 동시에 자신의 미래상을 모색하는 깨달음의 공간이기도 하다.

2) 관동지역의 불교문화기행

고려시대에 번성했던 고성(古城)에는 인적이 없어서 쓸쓸함
이 가득했다. 오래된 성은 500년 세월을 견고하게 버텨왔지만
세상의 흥망은 바둑 한판 겨루는 짧은 순간에 변화한다. 세월
의 흐름에 의해서 퇴락한 고성을 목격한 김시습은 성공과 실
패를 가련하다고 생각하지 않았다. 어차피 세상의 흥망성쇠는
순식간에 바뀌기 때문이다. 그래서 타락한 세상을 벗어나 청
정한 자연의 품에서 자유롭게 관동기행을 시작한 것이다.

1459년(세조 5)에 25살의 청년 김시습은 개성의 송림사로 발
걸음을 옮겼다. 송도는 패망한 고려의 도읍지로 수많은 사람
들이 살고 있는 대도시이다. 외딴 곳에 자리한 송림사는 속세
의 혼탁함을 벗어난 청정한 공간이다. 가끔 나그네가 찾아올
뿐 고요하고 한적한 절집이다. 고려 왕실의 원찰이기도 한 송
림사의 담은 허물어졌지만 대나무가 절집을 병풍처럼 둘러싸
고 있었다.

회암사, 지공선사를 흠모하다

경기도 양주 회천면의 천보산 자락의 회암사로 발길을 옮겼
다. 회암사에는 지공선사의 부도가 있었기 때문이다. 회암사는
1328년 고려 충숙왕 때 인도의 승려 지공이 창건하고 나옹화상
이 중건한 유서 깊은 절집이다. 그래서 경내에는 지공선사와

나옹화상의 부도가 나란히 자리하고 있다. 특히 조선시대 무학대사가 주지로 있을 때 '왕자의 난'으로 권력에서 밀려난 태조 이성계가 오랫동안 회암사에 머물렀던 곳으로도 유명하다.

김시습은 고요하고 맑은 밤하늘에 둥근달이 떠올랐을 때 회암사의 뜰을 거닐었다. 회암사에서는 차를 달여 좋은 손님을 맞이하고 게송을 읊어서 선승을 영접하였다. 그는 타락한 세상을 벗어나 자연의 품에서 한가하게 오순도순 이야기하는 것이 참다운 인생임을 깨달았다. 그럼에도 참다운 마음을 나눌 사람이 없는 외로운 심정을 보여준다. 김시습은 외톨이 신세의 고독함과 혼탁한 세상의 어지러움을 벗어나기 위해 동안거 수련에 참여했는지 모른다.

• 양주 회암사지. 태조 이성계가 머물면서 별궁으로 건축되다.

煎茶邀好客	차 달여서 좋은 손님 맞이 하고
說偈迓禪僧	게송 읊어 선승을 영접하누나
出定看新雪	선정에서 나오자 새 눈을 보고
經行擔小藤	경행이라 작은 등을 메고 앉았네
自從逃世網	스스로 세상 그물에서 도피한 뒤로는
生事轉騰騰	일을 냄이 더욱 더 등등하구나

선정에서 나오자 새로운 눈을 보았다는 표현으로 보아 김시습은 회암사 동안거에 참여한 것으로 보인다. 동안거는 스님들이 산문 출입을 삼가고 한곳에 모여 수행하는 불교의 연례행사이다. 그는 "슬프다 내 한곳에 몸이 매여서, 모든 나라 순력 못함을 한할 뿐이네"라는 표현을 통해서 음력 10월 16일부터 백 일 동안 회암사 동안거에 참여한다. 세상의 번뇌를 떨쳐 버리기 위해 동안거 참선 수행에 참여한 김시습은 무엇을 깨달았을까? 아마도 국토기행에 상당한 관심을 두었기 때문에 참선 수행은 별다른 도움이 되지는 못한 듯하다.

인도 천축국에서 고려 말엽에 들어온 지공선사는 금강산에서 법기 도량을 열었다. 한국 불교에서 차지하는 지공선사의 영향력은 크지 않은 듯하다. 지공선사는 글귀에 얽매여 참선하기보다는 백성들의 생활에서 깨달음을 실천하는 민중불교를 전파했다. 이 때문에 김시습은 고려왕실과 인연이 없었지만 지공선사의 넓고도 큰 가르침을 존경한다. 회암사에 도착한 김시습은 지공선사의 초상에 정중히 예를 올리며 그의 가르침이 잊혀지고 사라지는 것을 매우 안타깝게 생각한다.

辛勤萬里慈悲大　만리 길에 애를 쓰니 자비도 크신데
撈攎群生性相圓　중생을 구제하니 천성이 서로 원만하네
膜拜莫將容易看　막배하고 쉽사리 보려 하지 말아라
西乾百八舊靑氊　서건의 백팔은 옛날의 푸른 담요일세

소나무 그림자가 비치는 회암사 동쪽 별실에서 선가의 맑은 풍치로 십 년 동안을 한가하게 지냈던 과거를 회상한다. 김시습은 지공선사가 인도에서 고려에 들어와 중생을 구제하는 자비를 높이 평가하고 있다. 그리고 나옹선사는 중국 하남성과 하북성 일대에서 지공선사를 만나 불법을 전수받아 고려로 들어왔다. 지공선사의 제자 나옹선사의 의발은 양주 회암사 뒤쪽의 천보산에 있다. 김시습은 나옹화상을 "선림의 장수이고 법해의 영웅"으로 평가한다. 이러한 나옹화상의 의발이 회암사에 있어서 그의 사상이 절집을 감싸고 있음을 보여준다.

爲人吐氣禪林將　사람 위해 기운을 내시니 선림의 장수이고
對御談玄法海雄　임금 대해 현모함을 말하시니 법해의 영웅이네
天寶霧埋松慘淡　천보의 안개 덮여 소나무도 참담한데
驪江水闊月朦朧　여강에 물 넓은데 달이 몽롱하구나
空餘衣鉢今猶在　의발만 공연히 오늘에도 남아 있어

千古巍巍鎭梵宮 천고에 높고 높이 범궁을 진무했네

한편 회암사는 태조 이성계가 자주 찾았던 절집으로 유명하다. 아들 이방원과 갈등하던 이성계는 궁궐보다 양주 회암사에서 마음의 근심을 내려놓았다. 이 때문에 회암사의 규모는 절집과 궁궐을 결합한 색다른 모습으로 건축되었다. 안타깝게도 넓은 터에 수많은 전각이 즐비했던 회암사의 옛 모습은 사라지고 지금은 그 터전에 석물들만 뒹굴고 있다. 이러한 지공선사의 가르침과 태조 이성계의 흔적이 뚜렷한 회암사에서 열조의 법등을 전할 사람이 없음을 안타깝게 생각한다.

신륵사, 나옹선사를 존경하다

김시습은 경기도 여주의 남한강변에 자리한 신륵사로 발길을 잡았다. 여주 남한강은 맑고도 잔잔하여 푸른 하늘이 잠겼다. 왕조의 흥망을 모르고 낚시하는 여강의 어부에게 세상의 공명이란 무익할 뿐이라고 말한다. 세상의 순리는 여강의 물처럼 위에서 아래로 자연스럽게 흐르는 삶의 지혜를 강조하고 있다. 이렇게 김시습은 도도하게 흐르는 여강을 바라보면서 세상의 순리를 따르고 있음을 보여준다.

남한강 상류 야트막한 봉미산 남쪽에 자리한 신륵사는 신라 원효대사가 연못의 용을 쫓아내고 창건했다는 이야기가 전한다. 고려 때는 말 바위의 사나운 용마를 나옹선사가 신기한 굴

레로 다스렸다는 전설도 구전되고 있다. 실제로 나옹화상이 오랫동안 신륵사에 머물면서 절집을 크게 확장했다. 지공선사의 제자였던 나옹화상의 부도는 1376년 신륵사에서 입적한 지 3년이 지난 뒤에 세워졌다. 그 당시 목은 이색이 대장각을 짓고 대장경을 봉안하여 나옹화상을 추모한다.

梵宮松檜暗藤蘿　범궁의 송회에 등 담쟁이 어둑한데
門外滄洲聽棹歌　문 밖의 푸른 강가라 뱃노래 들리누나
巢鶴枝邊山月白　학이 깃든 가지가엔 산 달빛이 희었는데
蟄龍巖畔渚雲多　용이 서린 바윗가 물가엔 구름도 많아라

신륵사는 나왕화상과 인연이 깊은 절집이다. 남한강과 인접한 신륵사 주변에는 소나무와 전나무가 절집을 감쌌고, 푸른 여강에는 뱃사공들이 노를 저으면서 뱃노래를 부르고 있었다. 김시습은 해가 지는 강월헌(江月軒) 난간에 기대어 저녁 바람이 푸른 마름꽃에 닿는 모습을 보았다. 신륵사는 1473년(성종 3)에 세종대왕의 영릉을 이장하면서 왕실의 원찰로 새롭게 주목받았다. 그렇지만 세월의 흐름에 따라서 신륵사의 위상은 점차 하락한 것으로 보인다.

용문사, 세조와 인연이 깊은 절집

김시습의 발길은 양평 용문산으로 향했다. 안개가 잦은 용문산은 용이 드나드는 산이란 의미를 담고 있다. 기암괴석과 노송군락이 조화를 이루는 용문산은 용문사, 상원사, 죽장암 등의 절집을 거느리고 있다. 봄날 푸른빛을 더해가는 용문산의 절집은 차가운 안개 속에 묻혀버렸다. 외로운 학이 소나무 위의 달에 깃들었는데 맑은 샘은 한가로이 호계로 흘러 내렸다.

용문사는 신라시대 913년 대경대사가 창건한 뒤로 여러 차례 중수를 거듭했다. 조선 세종 29년에는 수양대군이 어머니를 위해서 보전을 재건축하고 1457년(세조 3)에는 왕명으로 절집을 중수했다. 용문사는 계유정란과 왕위찬탈의 장본인이기도 한 수양대군과 깊은 인연을 가진 절집이다.

杜老招提境	감당나무 절 경비서 늙어갈 적은
桃花浪躍時	도화 물결 약동할 바로 그 때네
寶房香霧鎖	보방은 향 안개에 잠겨 있는데
山室磬聲遲	산실에선 경쇠소리 더디 나누나
石逕苔踪滑	돌길엔 이끼 자국 미끄러운데
巖泉蘿蔓垂	바위 샘엔 담쟁이 덩굴 드리웠네
我王潛邸日	임금께서 잠저에 계시던 날에
翠蓋屆于玆	취개(翠蓋)가 이곳에 이르렀다오

김시습은 수양대군과 인연이 깊은 용문사를 왜 찾았을까? 서울에서 동해로 가는 관동기행의 길목에 용문사가 있었기 때문인지도 모른다. 그렇다고 해도 절집에 머물다 떠나면 그만

□사 은행나무, 김시습의 시선이 머물다.

일 텐데, 군이 세조의 행적을 거론한 의도는 무엇일까? 세조의
정변으로 가장 피해를 본 사람이 바로 김시습이기 때문이다.
어쩌면 세조의 정변에 대한 이중적 사고를 하고 있었는지도
모른다. 왕권 강화를 통한 백성들의 고통을 해소한 측면은 긍
정하면서도 왕위찬탈과 사육신의 충절을 무참히 짓밟은 측면
은 부정하고 있다.

세종대왕이 정해놓은 역사의 시계를 거꾸로 돌린 막중한 책
임은 권력을 찬탈한 세조가 져야 한다고 생각한다. 그런 충격
으로 김시습은 청운의 꿈을 포기하고 조선의 국토기행을 지속

하고 있기 때문이다. 그럼에도 김시습이 세조와 관련된 유적을 찾는 모습은 작가의 사상을 이해하는 데 매우 중요한 질문이지만 해답을 찾기는 쉽지 않다.

용문사에는 수령 1100년 가슴둘레 15미터의 거대한 은행나무가 우뚝 서 있다. 높이 50미터에 달하는 은행나무는 신라의 마지막 왕자인 마의태자의 지팡이라는 전설이 전해지고 있다. 아마도 김시습이 용문사를 방문했을 때도 커다란 은행나무를 보았을 것이다. 은행나무는 공자와 제자들이 행단에서 학문을 논했기 때문에 학자수로 부른다. 그런데 공자의 고향인 중국 산동성 곡부의 행단에는 살구나무를 심어놓았다. 살구나무와 은행나무는 열매의 모양이 비슷하기 때문이다.

그런데 중국과 달리 한국에서는 오래 살면서 선비의 기상을 담고 있는 은행나무로 대치되었다. 이 때문에 용문사에서 "감당나무가 절집의 경비를 서면서 늙어간다"는 표현은 조금 어색하다. 왜냐하면 감당나무는 장미과 팥배나무를 말하는 것으로 은행나무와 다르기 때문이다. 중국 연나라의 시조 소공이 섬서 지역을 다스릴 때 팥배나무 아래서 선정을 베풀었다고 한다. 이렇게 팥배나무와 은행나무는 백성들을 덕으로써 다스리는 선정을 상징한다.

용문산 죽장암은 높고 낮은 돌길이 경사져 있었다. 예전 암자에서 수도하던 사람이 도를 깨달아서 군왕에게 죽장을 받았기 때문에 죽장암이라고 부른다. 죽장암은 용문산의 심장부에 위치하고 있다. 죽장암을 방문한 뒤에 명산을 두루 다니면서 소요하는 곳이 바로 자신의 집이라 강조한다. 따라서 김시습은 한곳에 정착하기보다는 국토기행을 즐기는 방외인의 모습을 보여준다.

상원사는 본래 용문사의 암자로 관음도량의 맑고 깨끗한 모습을 보여준다. 용문산 배꼽에 자리한 상원사는 세조와 깊은 인연을 보여준다. 최항(崔恒, 1409~1474)이 쓴 <관음현상기(觀音現相記)>에 세조가 관음보살을 친견한 내용을 기록하고 있다. 옛 절집에 향이 모여드는데 빈 뜰에는 새들만이 지저귀고 있었다. 용문산 상원사는 세속의 티끌이 없는 청정한 신선의 세계를 보여준다. 용문산의 사찰들도 세속을 벗어나 소요하기에 적당했기 때문에 김시습이 머물렀을 것으로 짐작된다.

3) 절개의 상징, 원주의 치악산 기행

김시습은 봄바람이 불 때 관동기행을 시작하면서 도미협을 건넜다. 이끼보다 푸른 도미협의 강물에 비친 그림자를 보며 배회하기도 한다. 그는 본래부터 담탕(淡宕)하고 마음이 넓어서 멀리 여행하는 것을 좋아했다. 아마도 모친이 별세한 15세부터 여행을 즐겼던 것으로 생각된다. 세속을 벗어나 청려장 짚고 조용한 산에 들어가 은거하고 싶었다. 이 때문에 생전의 벼슬이나 사후의 명성에도 얽매이지 않았다. 그는 흰 새들이 서로 지저귀며 맑은 강가에서 기다리듯이 깨끗하게 살겠다는 의

지를 보여주기도 한다.

도미협을 지나 맑은 강물이 푸른 못으로 한없이 흐르는데 강 위의 봄꽃은 아름답게 피었다. 김시습은 용나루를 건너면서 한가한 백구와 같은 심정이었다. 세상을 버리고 이리저리 유람하면서 가슴속의 기개는 더욱 장대해졌다. 월계협은 한강 북쪽 양평의 팔달대교 부근의 골짜기를 말한다. 동풍이 불어서 월계협의 길이 좋지 못한데 가랑비에 배꽃이 떨어지고 있었다. 강 위에 솟은 산과 바위 주변에 선 나무는 창날처럼 날카로웠다.

이제 김시습의 발길은 따뜻한 봄날 원주 동화산으로 향한다. 강원도 원주시 문막읍 동화산 골짜기에 자리한 동화사에서 며칠 간 묵었다. 세상을 유람하기에는 따뜻한 봄과 서늘한 가을이 가장 좋다. 동화산의 매화가 시들어갈 때 살구꽃의 봉우리는 새롭게 피어난다. 그의 발길이 닿았던 동화사는 이미 폐사된 지 오래다. 폐사지 주변에는 옛 절집의 석축과 기왓장이 남아 있을 뿐이다. 동화사에 묵으면서 세상의 일을 봄날의 꿈속에 묻어두고 오대산에 은둔한 사람을 찾아가려고 다짐한다.

世間萬事屬春夢　세상의 모든 일을 봄꿈에다 붙여두고
我向五臺尋隱淪　내 오대산 향해 가서 은륜한 이 찾으리라
仰天大笑浩然去　하늘 보며 크게 웃고 호연하게 떠나가니
吾輩豈是虫臂人　우리가 어찌하여 충비(虫臂) 같은 사람이랴

김시습은 봄바람에 지팡이 짚고 관동으로 향하다가 원주의 연수에 들렀다. 공관에는 사람이 거의 없고 해당화만 붉게 피어 있었다. 십 년 동안 국토의 산하를 방랑해 두 신짝이 닳았는데 만길 넓은 천지 속에 전대가 텅 빈 자신의 모습을 보여준다. 세상에 대한 아무런 욕심이 없이 조선의 산하를 유람한 여행생활자의 모습이 잘 나타난다. 그럼에도 시(詩) 지을 생각과 객지의 정이 김시습을 혼란스럽게 했는지도 모른다.

원주 치악산은 해발 1288미터의 장쾌한 모습을 보여준다. 태백산맥의 허리에서 뻗은 차령산맥 남쪽 끝에 자리한 치악산은 가을 단풍이 아름다워 적악산으로 불렸다. 치악산은 뱀에게 잡힌 꿩을 구해준 나그네에게 '은혜 갚은 꿩의 전설'에서 유래했다. 치악산의 너른 품에 각림사가 자리한다.

• 치악산 태종대, 태종이 스승 원천석을 기다렸던 주필대

봄날 치악산은 천길 벼랑에 철쭉꽃이 붉게 피어났지만 안개
와 노을 속에 희끄무레한 자취만 보여준다. 치악산은 고려 말
의 학자 원천석의 체취가 가득한 곳이다. 운곡 원천석은 태종
이방원의 스승이었지만 치악산에 들어가 평생 출사를 거부했
다. 그래서 태종이 스승을 찾아 치악산으로 왔으나 원천석은
끝내 만나주지 않았다고 한다. 고려왕조의 충신으로서 조선왕
조에 대한 거부와 함께 태종이 일으킨 형제간의 얼룩진 권력
투쟁을 싫어했기 때문이다.

그런데 치악산 각림사는 1416년 태종의 배려로 중창되었다.
왕자의 난으로 군왕에 오른 태종이 운곡 원천석을 만나기 위
해 기다렸던 태종대 근처에 각림사가 있었다고 한다. 그렇지
만 지금은 폐사되어 소나무와 회화나무만 무성하게 옛 향기를
전해줄 뿐이다. 치악산 각림사에서 운곡 원천석의 절개를 되
새긴 김시습은 세상에 아부하지 않을 것을 다짐한다. 더욱이
20대 청춘과 열정으로 아름다운 국토기행을 자유롭게 유람하
고 싶은 심정을 드러내고 있다.

丈夫未老愛遠遊 장부 아직 늙지 않아 멀리 유람함을 좋아하지
豈肯兀坐如枯椿 어찌 꼿꼿이 앉기를 즐겨 마른 말뚝같이 하리
此窮勝景作平生 또 좋은 경치 다 보기를 평생에 작정하니
其氣崒嵂何由降 그 기상이 높은데 무엇 때문에 굽힐 건가

위와 같이 김시습은 치악산 각림사에서 운곡 원천석의 절개를 확인하는 뜻깊은 체험을 한다. 아직 혈기 왕성한 20대의 청춘인 김시습은 한곳에 정착하기보다는 좋은 경치를 찾아서 평생 국토기행을 하고자 다짐한다. 그가 양심과 소신을 지키기 위해서는 타락한 정치권력이 난무하는 한양을 떠나 자유로운 국토기행에 나설 수밖에 없었기 때문이다. 이러한 국토기행을 통해서 김시습은 삶의 안정과 즐거움을 느꼈는지도 모른다.

4) 신선의 세계, 오대산과 강릉의 문화유산기행

오대산, 문수보살의 성지

봄빛이 완연할 때 김시습은 강원도 평창의 오대산으로 발길을 잡았다. 원주에서 오대산으로 가는 길에 방림역, 대화역, 진부역을 거쳐 지나갔다. 깊은 산속에 자리한 옛 방림역에는 초정이 곁에 있었다. 봄을 알리는 냉이꽃이 보리밭 두둑에 피어났다. 대화역을 지나면서 나그네의 발걸음은 수심으로 가득했다. 강호에 외톨이가 되어 흰 구름과 같이 한가하게 지내고 있는 자신의 심정을 읊었다. 병과 바리때를 들고 파리한 모습에 지팡이 짚고 봄기운이 짙은 산속으로 걸어갔다. 진부역에서는 산에 꽃이 만발할 때 푸른 봉우리가 둘러싸인 곳에서 은둔하고 싶었다.

백두대간의 중심축에 해당하는 오대산은 장쾌하고도 듬직한 흙산이다. 오대산은 비로봉, 동대산, 호령봉, 상왕봉, 두로봉 등 5개 봉우리의 너른 품에 월정사와 상원사가 자리하고 있다. 오대산의 봉우리 사이에는 중대(지공대), 동대(만월대), 서대(장령대), 남대(기린대), 북대(상심대) 등의 평평한 대지가 둘러싸고 있어서 오대산이라 부른다.

오대산은 신라 선덕여왕 때 자장율사 이래로 1300여 년 동안 문수보살의 기도처로도 유명하다. 월정사는 아름드리 전나무 숲길이 청정한 신선의 세계에 들어가는 상쾌한 기분을 선사한다. 무더운 여름날 전나무 숲길을 걸으면 세상의 모든 근심이 한순간에 사라지는 듯하다. 그래서 월정사에 도착한 김시습은 불로장생에 대한 관심을 갖고 신선의 방술을 배우고자 노력하기도 한다.

珠網玲瓏裝寶樹　구슬 망은 영롱하여 보수를 장식하고
天花縹緲落猊床　천화는 아득하게 예상에 떨어지네
仙山迥與人寰隔　신선산은 멀리 사람 사는 곳과 떨어졌으니
願學青囊飧玉方　원컨대 청낭의 옥 먹는 법을 배우고저

오대산 월정사는 인가와 멀리 떨어져 있어 마치 신선이 사는 곳 같았다. 이런 조용하고 아늑한 월정사에서 신선의 흥취를 느끼고 싶었는지도 모른다. 월정사 천왕문 옆으로 흐르는 금광연

에서는 폭포에서 떨어지는 물줄기와 붉은 철쭉꽃의 대비가 이채로웠다. 그런데 예전 김시습이 보았던 아름다운 폭포는 찾을 길이 없지만 맑은 물은 천왕문 옆으로 잔잔하게 흘러가고 있다.

월정사는 부처님의 사리를 봉안한 적멸보궁을 중심으로 동대 관음암, 북대 미륵암, 중대 사자암, 서대 수정암, 남대 지장암 등의 암자를 거느리고 있다. 중대에서는 경쇠 소리와 소나무 소리가 조화되어 여래가 불이선임을 말해준다. 남대에서는 기린봉의 푸른색이 하늘에 닿았던 오늘 저녁 발원에 참여하여 감실 등잔 밑에 앉아 관선했다. 북대에서는 하늘의 상서로움이 상왕산에 물들었을 때 세상의 풍랑을 피해 산속에 은거하고 싶은 생각을 보여주었다.

오대산 자락이 겹겹하고 물이 굽이치는 신령한 땅에 지원선사가 상원사를 열었다. 상원사는 조선 세조와 인연이 깊은 절집이다. 세조는 병을 고치기 위해 상원사에 머물면서 백일기도를 올렸다. 실제로 세조가 보았던 문수동자상은 1466년(세조 12)에 조성된 것으로 보아 전설의 사실성을 입증해준다. 그리고 세조의 관을 걸어두었던 관대가 상원

• 오대산 월정사의 전나무숲길, 신선의 세계로 안내하다.

사 입구에 남아 있다. 상원사의 다리 누각에 올라간 김시습은 달 밝은 밤마다 산속에서 슬피 우는 두견새를 사랑했다. 그 두견새가 자신의 심정을 대변한 것으로 보인다.

오대산, 처음으로 집을 짓고 머물다

동해를 구경한 김시습은 소나무와 삼나무가 십 리에 향기로운 오대산에 은거하려고 발길을 되돌렸다. 처음 오대산에 왔을 때는 나옹화상의 당에 올랐지만 실에는 들어가지 못했다. 그래서 동해를 돌아본 뒤에 오대산을 찾아온 것이다. 김시습은 나옹화상이 중국에서 불법을 공부하고 강호에 자비를 베풀었던 것을 존경했다. 특히 오대산을 다시 찾았을 때, 작은 집을 짓고 은거한 내용은 <처음으로 작은 당을 짓고(初構小堂)>에 잘 나타난다.

小堂初卜築　　작은 당집 처음으로 지어 놓으니
庭樹聽鳴禽　　뜰 나무에 우는 새 소리를 듣네
已賽三生願　　벌써 이미 삼생의 원을 걸고서
曾叅一箇心　　한 가지 마음으로 참여하였네

위의 시와 같이 김시습은 오대산 북대암에 처음으로 집을 짓고 오랫동안 머물렀다. 그는 세상의 번잡한 일을 초월해 오대산의 작은 집에 살면서 자연에 은거하는 기쁨을 누렸다. 오대산의 너른 골짜기에 초당을 짓고 한가하게 소요하는 생활이 어쩌면 신선의 경지에 도달한 것인지도 모른다. 그가 초가집을 지었던 오대산 북대암 근처에는 아직까지 집터의 흔적이 그대로 남아 있다. 북대암에서 바라본 오대산의 풍광은 신선의 세계에 들어온 듯하다.

이렇게 김시습은 번잡한 서울을 떠나 청정한 오대산에 초당을 짓고 소박하게 살고 싶었던 것으로 보인다. 오대산에서 나물을 따며 흰 구름 속에 청허한 복이 있듯이 자신의 절개를 은연중에 표현한다. 따라서 관동기행에서 신선의 세계인 오대산의 비중은 작가에게 매우 중요한 공간이라 하겠다.

강릉, 바닷가에서 신선을 꿈꾸다

대관령의 동쪽은 영동이고 서쪽은 영서이다. 대관령은 동해로 가는 길목에 있는데 바람과 구름이 그치지 않았다. 해발 800미터의 대관령을 넘어서 아흔아홉 구비를 돌아가면 강릉 땅이다. 영동과 영서의 경계 지점인 대관령에 구름이 걷히니 발아래 강릉의 풍광이 아득히 펼쳐진다. 대관령은 한반도의 지형적 특징에 의해서 해양과 육지의 문화적 차이가 뚜렷한 경계지점에 놓여 있다.

대관령을 지나 구산역의 정자는 작은 산에 의지하고 있었다. 일 년의 풍광은 가는 곳마다 좋았으나 세월은 빨리 흘러갔다. 강릉에 도착한 김시습은 신선과 함께 놀면서 바다 위의 물

• 경포대, 동해안의 푸른 물결을 바라보다.

가를 모두 보았다. 강릉 십 리에 앵화가 핀 홍제원 누각에 올라서 멀리 경치를 조망했다. 동해의 비린 바람이 저녁 포구로 불어올 때 고깃배는 마을로 돌아왔다.

서울에서 출생하고 성장한 김시습은 강릉에서 죽순을 처음 보았다. 오랜 유람을 거듭한 나그네는 대나물을 먹어도 좋다고 말한다. 동해 푸른 물결의 언저리에 문수당이 있는데 새들은 해당화 속에서 지저귀고 있었다. 솔바람이 파도를 철썩거릴 때 고래가 물보라를 뿜어내는 모습을 보았다. 때문에 동해의 파도소리는 매우 웅장했다. 그리고 백사정(白沙汀)에서는 바닷가의 한가한 갈매기가 자신과 마주보며 봄볕을 희롱하였다. 김시습은 강릉에서 한가한 모습을 보여준다.

한송정은 동해가 한눈에 보이는 강릉시 강동면 하시동의 소나무가 울창한 언덕에 자리하고 있다. 『동국여지승람』에는 예부터 한송정 곁에 차샘과 돌 부뚜막이 있어서 신선이 놀던 곳이라는 기록이 전한다. 고려시대 이인로(1152~1220)의 『파한집』에 보면 "까마득한 옛적에 사선이 노닌 곳, 푸른 소나무 우뚝 서 있네"라고 한송정의 경치를 읊었다. 한송정에서 바라본 동해의 경치는 마치 신선이 살고 있는 봉내산과 같았다.

神仙舊迹桑田變 신선의 옛 자취도 창상같이 변해가고
塵世浮生甲子遷 속세에 뜬 인생은 나이만 옮겨가네
獨上高亭回首望 홀로 높은 정자에 올라 머리 돌려 바라보니
蓬萊島在五雲邊 봉래도가 오색구름 가에 떠 있구나

경포대는 강릉시 저동의 경포호수 북쪽에 있는 조선시대 누각을 말한다. 고려시대 1326년에 박숙이 경포대를 창건했다. 지금 우리가 보는 경포대는 조선시대 한급이 옮겨서 지은 것이다. 김시습은 예전의 경포내에서 동해의 푸른 물결이 아침 안개에 잠겨 있는 풍경을 감상하고 있다. 그 모습이 신선의 경지에 들어선 감흥을 표현하고 있다.

한편 김시습은 진시황과 한나라 장건이 불로초를 구하기 위해서 동해 삼신산을 찾았던 어리석음을 비판한다. 서울과 멀리 떨어진 강릉의 동해는 마치 신선의 세계처럼 홀로 소요하

기에 적당한 공간이다. 그래서 김시습은 동해를 바라보며 신선처럼 은둔하려는 생각을 노골적으로 보여준다. 특히 경포대에 올라서는 홀로 신선놀음을 깨달아 푸른 바다가 술잔처럼 보인다고 말하고 있다.

> 萬里扶桑望眼賒 만 리나 부상을 바라보는 눈길은 먼데
> 蒼波淼淼蘸朝霞 한없는 푸른 물결은 아침 안개에 잠겨 있네
> (…중략…)
> 白浪滔天鼇背抃 흰 물결은 하늘 넘칠 듯 오배를 치는데
> 紅雲挿地蜃樓斜 붉은 구름 땅에 꽂힘은 신기루가 비낌이라
> 從今陡覺仙遊壯 이제 홀연히 선유가 장함을 깨달아
> 杯視東溟碧海涯 동해의 푸른 바다가 술잔처럼 보이누나

대숲에서 울어대는 푸른 새가 신선의 공간에 조회하는 듯하다. 김시습은 세상 밖의 십주를 일찍 돌아보았는데 인간의 변화는 허망하였다. 안개가 걷히자 푸른 물결이 끝없이 펼쳐진 동해에 고래가 무리지어 춤을 추었다. 갑자기 놀란 고래가 흩어지면 흰 무지개가 생기고 소리는 뇌성 같았다. 동해에서 자유롭게 노니는 고래처럼 자신도 한가하게 살고 싶은 욕망을 보여준다.

동해에서 '부상나뭇가지에서 멀리 자색 안개가 올라오더니 동쪽 세상이 번쩍번쩍 붉은 바퀴를 밀어올려'주는 일출을 보

앉다. 세상의 어둠을 한순간에 사라지게 하는 황홀한 일출은 정말 장관이었다. 김시습은 신선이 살고 있는 봉래산에서 호탕하게 노니는 것이 소원이었다. 그럼에도 봉래산이 외롭고 쓸쓸해 높은 봉우리에 홀로 서 있는 기분이 들었다. 이런 점에서 신선의 세계에 은둔하고 싶었지만 너무도 외롭고 쓸쓸하여 오래 머물지 못한다.

김시습은 대방(강릉)가에서 천유했는데 동해는 아득해 끝이 없었다. 밤낮으로 공평하게 물의 흐름만 보았는데도 인간의 수심을 없애버릴 수가 없었다. 인간의 수심은 물의 흐름처럼 공평하다고 해서 사라지는 것은 아니다. 그리고 잠깐 동안의 묘연한 모습이 한순간에 사라지는 신기루의 변화에 대해서 이야기한다.

동해 속의 보배인 천침은 쉽게 얻을 수가 없었다. 김시습은 옥(玉)을 품었지만 사람들이 놀랄까 걱정해 값을 기다리며 일생을 마치겠다고 다짐한다. 세상의 모든 것은 세월의 흐름에 따라 변하기 마련이다. 늙음을 물리치는 방법을 배우기 위해 동해에서 『황정경』을 공부하기도 한다. 그러면서도 자신의 능력을 모른 채 큰 뜻만 세우는 사람들의 어리석음을 조롱한다.

동해에서 하늘 닭의 울음소리를 들은 다음에는 공명을 버리고 복록을 닦았다. 삼천 년에 한 번 열리는 복숭아를 훔친 동방갑자의 이야기를 통해서 언제나 천년 근심을 품고 있기 때문에 복숭아를 집 앞에서 재배하고 싶다고 한다. 김시습은 권력투쟁의 욕망이 난무하는 타락한 세상에서는 공명보다 복록을 닦아 근심을 풀어보고 싶은 심정을 표출하고 있다.

그런데 진시황이 동해의 삼신산에 있는 불로초를 구하러 서불 일행을 보낸 고사를 조롱하고 있다. 중국의 전국시대를 통일한 진시황이 술법에 현혹되어 삼신산에서 불사약을 구하게 한 것을 슬퍼했다. 김시습은 진시황의 욕심을 비판하면서도 삼신산에서 신선과 함께 푸른 복숭아를 먹으며 노니는 즐거움을 상상해보았다. 강릉의 동해안에 신선이 살고 있는 삼신산과 봉래산에서 즐겁게 놀았다.

3. 관동에서 만난 사람과 읽은 책

절집의 승려와 대화하다

관동기행에서는 화두를 잡고 오랫동안 수행한 승려들과 자주 만나 대화를 나누었다. 김시습은 오대산에 머물고 있던 순로(淳老), 여로(如老), 전선로(田禪老) 등과 만나서 대화를 나누었다. 산중에 오래 머물렀던 순로는 나이도 많고 불법을 잘 알아서 며칠 동안 대화했다. 더욱이 순로는 '뜰 앞의 잣나무'를 화두로 삼아 수행하고 있었다.

그런데 서역에서 전래된 불법이 문자를 떠났기 때문에 참선을 통한 깨달음의 경지는 말하기 어려운 실정이다. 김시습은 불교의 화두와 참선에 대해서 비판적 시각을 보여주었다. 따라서 사람마다 깨달음의 방법은 다양하지만 본질은 하나라는 인식을 보여준다.

一話松窓千古心　한 차례 송창에서 천고 마음 말하니
箇中無有去來今　그 가운데는 과거와 미래가 없구나
謾將庭栢爲禪旨　부질없이 뜰의 잣나무로 선지를 삼았는데
誰道溪聲演佛音　누가 시내 소리가 불음을 말한다 하오
撞倒語言方解會　도에 엎어지니 말은 바야흐로 이해되어 가는데
消磨習氣始參尋　습기를 닦아 없애고 비로소 참예하여 찾네
西來直指離文字　직지가 서쪽서 전래되니 문자를 떠났으나
悟了何曾論淺深　깨달음에 일찍이 어찌 깊고 얕음을 논할건가

위와 같이 순로는 오대산에서 화두를 잡고 참선하여 깨달음을 얻고자 한다. 산수자연을 기행하는 김시습은 문자를 벗어나 얼마든지 깨달을 수 있다고 주장한다. 깨달음의 방법상의 차이는 있지만 그 깨달음의 경지와 수준은 함부로 평가할 수 없다는 것이다. 여기서 화두선을 닦는 순로와 관동기행을 감행하고 있는 김시습의 방법론적 차이가 뚜렷이 나타난다.

오대산의 여로를 찾아가 대화를 나누었다. 여로는 30년이 넘도록 참선했기 때문에 흰 머리와 서리 내린 눈썹을 하고 있었다. 김시습은 오랜 시간 참선하여 어느 곳에 통할지 의문을 제기한다. 그래서 김시습은 동림사의 달을 사랑하던 혜원이

샘물을 길어왔던 것처럼 실천의 중요성을 부각하고 있다. 그리고 산중의 승려 전선로는 김시습에게 정선의 벽파산이 가장 숨을 만하다고 추천한다. 벽파산은 백성들이 즐겨 농사짓고 높은 산과 계곡의 물이 푸르기 때문이다. 벽파산에서는 하늘이 내려준 참된 진리인 천진(天眞)을 기르기에 충분했다.

회암사에서는 늙은 스님 해사(海師)를 만나 경전 강의를 들었다. 당시 김시습이 만난 해사스님은 누구인지 정확하게 알 수 없다. 아마도 해사스님은 불교경전에 대해 해박한 지식을 갖춘 것으로 보인다. 이 때문에 김시습은 해사스님에게 수정을 감사의 선물로 받친다. 수정은 깨끗한 자태가 있어서 진흙 속에 떨어져도 빛이 난다. 이렇게 진흙 속에 빛나는 수정이 바로 고결한 자신의 마음을 표현한 것인지도 모른다.

원각경을 읽고 꿈에서 깨다

김시습은 양주 회암사에서『원각경(圓覺經)』을 보고 천만겁의 오랜 꿈에 깨어난다.『원각경』은 12보살이 원각을 성취하기 위한 수행절차를 물었을 때 부처님이 대답한 것이다.『원각경』은『능엄경』과 함께 사람의 '마음'을 가장 명확하게 설명하고 있다. 이 때문에 최상의 깨달음을 지향하는 대승불교의 수행경전인『원각경』은 매우 중요하다. 그런데 김시습은 세상의 이치는 선정(禪定) 닦는 것보다 글귀 밖에서 자유로운 깨달음을 얻을 수 있다고 주장한다.

흔히 『원각경』은 『화엄경』의 축소판이라고 한다. 『원각경』은 대승(大乘), 원돈(圓頓), 관행(觀行) 등의 수행방법을 핵심적으로 설명하고 있다. 고려시대 지눌(知訥)이 『대방광원각수다라요의경(大方廣圓覺修多羅了義經)』의 전파를 시작했다. 조선 초기에는 함허(涵虛)대사가 『원각경』 3권을 펴냈다. 고려 우왕부터 조선 세종 때까지 활약한 함허대사(1376~1433)는 지공선사와 나옹화상, 무학대사의 법통을 계승한 조선 초기의 선승이다.

> 二十五輪觀已定 이십오륜 차례대로 관이 이미 정해지니
> 百千萬劫夢初醒 백겁 천겁 만겁의 꿈이 비로소 깨었다네
> 那如抛去筌蹄法 전제의 방법을 포기해 버리고
> 句外承當直下惺 글귀 밖에서 마땅히 바로 깨달으리라

  이렇게 김시습은 관동기행에서는 풍부한 독서를 하지 못한 것으로 보인다. 관동지역의 넓은 산수와 문화유산을 구경하느라 시간이 부족했을 수도 있다. 특히 금강산과 오대산, 치악산 등의 고산준령의 경치에 감동하여 독서할 시간을 갖지 못했는지도 모른다. 그래도 오대산에 작은 초당을 짓고 은거할 때는 독서했을 것으로 짐작된다. 김시습은 글귀에 얽매이는 불교의 화두 수행이나 유학의 경전에 얽매이는 것을 싫어한다. 이 때문에 관동기행과 같은 현장을 유람하면서 새로운 깨달음을 모색한 것이다.

호남기행과 백제문화의 현장

1. 호남기행의 이동 경로

김시습은 조선 초기에 발생한 세조의 계유정란과 왕위찬탈에 커다란 실망과 환멸을 느낀 것으로 보인다. 오랫동안 가슴 속에 품어왔던 유학의 이상이 좌절되었기 때문에 과거를 통한 관직의 진출은 무의미하게 되었다. 이 때문에 조선의 훌륭한 관리가 되어 백성을 위한 왕도정치를 펼치고 싶었던 꿈을 접을 수밖에 없었다. 이러한 가슴에 쌓인 울분을 해소하기 위해서 호남의 국토를 유람하는 방외인적 삶을 선택한 것으로 유명하다.

그는 부정한 방법으로 왕위를 찬탈한 세조정권을 도저히 용

납할 수 없었다. 세종에 의해서 장래를 약속받았지만 세조의
왕위찬탈로 모든 것이 물거품이 되었기 때문이다. 그렇다고
해서 사육신처럼 강력한 비판을 행동으로 옮기지도 못했다.
김시습은 유·불·선을 두루 섭렵했음에도 사육신과 생육신의
갈림길에서 조선의 국토를 여행하는 제3의 길을 선택한다. 더
욱이 호남의 산하를 유람하는 방외인적 삶을 통해서 제3의 새
로운 길을 끊임없이 모색한다.

　호남기행의 여행서사와 이동 경로는 『유호남록』을 중심으
로 재구성할 수밖에 없다. 왜냐하면 김시습의 발자취를 통해
서 호남기행의 양상을 구체적으로 확인할 수 있기 때문이다.
『유호남록』은 호서 지역의 중심 도시인 청주에서 출발해 호남
지역을 둘러본 다음 영남 지역으로 이어진다. 이러한 김시습
의 호남기행과 문학창작의 현장은 작가의 방외인적 삶과 사상
적 고뇌를 해명하는 데 기여할 것으로 생각한다.

　그렇다면 김시습은 왜 호남기행을 떠났을까? 세조의 왕위찬
탈에 대한 충격과 울분을 해소하고 호남의 문화와 산수의 경
치를 답사해 심신의 안정을 찾고 싶었기 때문이다. 더욱이 송
광사는 방황하던 김시습의 마음을 안정시켜준 삶의 안식처이
다. 모친상을 당한 김시습이 송광사 준상인(峻上人)에게 불법을
배운 인연도 한몫을 했을 것이다. 어쩌면 타락한 현실과 일정
한 거리를 두면서 자신의 삶을 모색할 여유가 필요했는지도
모른다. 따라서 답답한 현실을 벗어나 심신의 안정을 도모하

기 위해서 호남기행을 실시한 것으로 생각된다.

호남기행의 이동 경로는 당시의 유명한 역사문화의 현장이 망라되어 있다. 산악이 발달한 관서와 관동에 비하여 평야지대가 펼쳐진 호남기행을 통해서 자신의 올곧은 마음과 외로운 심정을 곳곳에 풀어놓았다. 가을에는 호서 지역의 중심지 청주에서 경생원, 진사 조리를 만나서 노닐었다. 눈발이 날리는 늦가을에는 청주의 상당산성과 보살사를 둘러보았다. 그리고 가을이 깊어갈 때 충남 논산의 개태사, 은진 관촉사를 답사했다. 은진 객사에서는 친구 노사신을 만나 세상의 변화에 대해서 이야기했다.

청주를 떠나 전북 완주군 삼례역에 머물면서 본격적인 호남기행을 계획한다. 늦가을에 완주군 삼례역과 앵곡역을 거쳐 김제 금구현으로 이동한다. 새봄에는 천원관, 견훤의 고장 전주, 김제 만경대를 거쳐 완주군 불명산 자락의 화암사를 보았다. 그리고 후백제의 비극적 역사를 담고 있는 김제 모악산 기슭의 금산사, 귀신사, 천왕사 등을 둘러보았다. 가을 단풍이 예쁘게 물들 때는 내장산 기슭의 영은사와 용굴을 찾아갔다. 정읍에서 노현을 넘어 미륵원으로 발길을 옮겼다.

이듬해 초봄에 장성현 진원에서는 승려 신행에게 편액을 써주고 가성사 나한당을 보았다. 단암역을 거쳐 나주에서는 태수 최선복을 만난 다음 금성사에서 제사를 지냈다. 바닷가에 인접한 영광군을 거쳐 변산 능가산의 내소사, 와정, 야봉 등을

찾아갔다. 그리고 부안의 삽창동 암굴을 지나 청림사와 용계
사로 발길을 옮겼다.

여름에 전북 정읍의 천원역을 지나 고부성을 답사하고 새봄
에 산역으로 이동하다가 병이 들었다. 광주 무등산의 규봉과
난야를 답사했다. 그리고 여름에 순천 조계산 송광사의 진락
대, 호대, 조계루, 십이영당 등을 찾아보았다. 남원 광한루에서
는 피리소리를 들은 다음 늦여름에 안신원, 팔라현, 운봉현을
넘어 경상도 함양으로 들어갔다. 거창의 견암사를 거쳐 합천
해인사로 발길이 이어진다.

이렇게 김시습은 호남기행을 통해서 새로운 삶을 찾으려고
부단히 노력했다. 호남기행은 매우 다양했을 것으로 짐작되지
만 그곳에서 창작한 시는 일부에 지나지 않는다. 왜냐하면 상
당수의 호남기행시를 잃어버렸기 때문이다. 그래서 호남기행
의 이동 경로를 정확하게 파악하기는 어려운 실정이다. 그럼
에도 호남기행의 이동 경로에 대한 답사를 통해서 작가의 방
외인적 삶을 되새겨 볼 필요가 있다.

호남기행은 1460년 가을부터 1462년 여름까지 3년(26~28세)
동안 지속되었다. 그의 생애로 보면 세조의 왕위찬탈의 정신
적 충격과 울분에서 벗어나려고 몸부림치는 청년기에 해당한
다. 호남기행은 폐허에 방치된 불교문화기행, 후백제의 흥망과
역사기행, 산수의 경치와 풍류기행, 생명에 대한 관심과 생태
문화기행 등과 같이 다양하게 나타난다. 이러한 호남기행을

통해서 세조정권에 대한 작가의 생각이 다소 완화된다. 그렇다고 해서 세조의 왕위찬탈을 긍정한 것은 아니다. 다만 관서기행, 관동기행과 달리 호남기행에서는 경직된 유학의 정치논리와 이념에서 벗어나 유연한 사고의 변화를 보여주는 듯하다.

2. 호남기행과 문학창작의 현장

1) 세월의 무상함과 불교문화기행

호남기행에서는 폐허에 방치된 불교문화유산을 답사한 경우가 풍부한 실정이다. 고려왕조를 멸망시킨 신진 사대부들은 억불숭유 정책을 조선왕조의 건국과 통치이념으로 삼았다. 그럼에도 조선 초기에는 유교보다 불교유산이 풍부할 수밖에 없었다. 신라와 고려시대를 거치면서 1500년 동안 번창했던 불교유산이 곳곳에 남아 있었기 때문이다.

그런데 이러한 불교문화의 다양한 유산은 대체로 허물어지고 낡은 모습으로 등장한다. 예컨대 청주의 보살사, 논산의 개태사를 비롯한 모악산 귀신사, 천왕사, 순천의 조계산 송광사 등이 여기에 해당한다. 아마도 그 당시 김시습이 방문했을 때는 절집이 허물어지고 폐허에 방치된 듯하다. 그곳에서 세월의 무상함을 실감하면서도 가슴속의 울분을 풀어놓았다.

지난해 잎이 떨어질 때 무화과를 보았는데 이번 가을에는 열매가 열렸다는 표현으로 미루어보건대 김시습은 청주에 두 번 정도 들렀던 것으로 보인다. 가을과 겨울에는 청주의 상당산성에서 머물다가 신라시대 의신조사가 낙가산 남쪽 기슭에 창건한 보살사로 향했다. 567년에 창건된 보살사는 여러 차례 중수를 거듭한 고찰이다. 특히 1458년(세조 4)에는 세조의 명으로 극락보전을 창건하여 모든 중생을 구제하는 아미타불을 봉안했다.

그런데 세조의 명으로 보살사를 곧바로 중수한 것은 아닌 것 같다. 김시습이 보살사를 방문했을 때는 폐허로 방치되었기 때문이다. 들판에 자리한 보살사에는 눈발이 날려서 쓸쓸할 뿐만 아니라 향불도 오랫동안 끊어졌다. 나무속에 중의 집이 있지만 부처의 집은 이미 무너졌다. 그래서 세상의 인심은 아침과 저녁으로도 파악하기 어려울 지경이었다.

개태사, 김시습의 시선과 마주치다

가을날이 저물어 충남 논산의 개태사에 투숙해 고려의 폐망을 목격했다. 개태사는 고려시대 이규보의 <개태사조전원문>에 의하면 태조 왕건이 후백제를 황산에서 평정한 것을 기념해 940년에 창건했다고 한다. 왕건은 후백제를 멸망시킨 격전지에 '나라를 열었다는' 뜻을 담은 개태사(開泰寺)를 지었다. 그런데 김시습이 방문했을 때는 고려의 화려한 영화가 사라진 초라한 절집에 불과했다.

侵階野草逢秋老 섬돌 덮은 들풀도 가을 만나 늙었는데
滿砌寒花着雨摧 섬돌에 가득한 꽃은 비에 맞아 꺾이었네
古鑊尙經麗歲月 옛 솥은 오히려 고려의 세월을 꺾었지만
斷碑曾歷幾風雷 잘린 비석 일찍 몇 번 풍뢰를 지났는가

고려의 찬란한 영광이 사라진 개태사의 가을 풍경은 쓸쓸해
보였다. 절집에는 몸통이 잘린 비석이 이리 저리 널부러져 있
었다. 절집에 남아 있는 커다란 솥은 예전 개태사의 규모를 짐
작하기에 충분하다. 김시습은 쇠로 만들어진 커다란 솥을 보
면서 고려의 흥망성쇠를 느꼈을 것이다. 이러한 무쇠로 만든
철확을 통해서 작가의 시선과 마주치는 문학창작의 현장을 경
험하였다. 개태사의 철확은 화려한 옛날의 명성과 세월의 무
상함을 보여준다.

논산 은진면 반야산
기슭에 있는 관촉사는
민중불교의 현장이다. 길
가에서 바라본 관촉대상
은 세상의 변화에도 아
랑곳하지 않고 강가에
우뚝 솟아 있었다. 김시

• 개태사의 철확. 김시습의 시선과 교차하다.

습은 백성들의 소망을 담은 관촉사 석조미륵보살상에게 절을 올렸다. 관촉대상처럼 난세에도 올곧은 양심과 절조를 지키기 위해 발걸음을 산길로 잡았다. 따라서 김시습은 민중불교를 지향하는 절집과 산수유람을 통해 산에 은거하면서 지식인의 양심을 지켜나간 것으로 보인다.

모악산 자락의 귀신사와 천왕사도 폐허에 방치되었다. 가을에 무너진 3층 석탑과 깨진 비석에 얽힌 등나무를 통해 귀신사의 폐허를 보았다. 세상의 흥망은 흐르는 물과 같아서 순식간에 변화한다. 그리고 천왕사는 향불이 사라진 채 폐허로 방치되었다. 이끼 젖은 빈 당에 낡은 부처가 슬퍼하고 등나무로 인해 떨어진 벽은 중의 쇠잔함을 보여주었다. 공이 무너짐은 본래부터 생리의 인연에 따르는 것이니 범궁이 무너짐을 이상하게 생각하지 말라고 했다. 따라서 폐허에 방치된 절집을 보면서 김시습은 세월의 무상함을 실감했을 것이다.

송광사, 민중불교에 대한 관심

순천의 송광사는 작가의 어린 시절 불교와 인연이 깊은 곳이다. 송광사는 신라 말기 혜린선사에 의해서 길상사로 창건되었다. 여러 차례 중창을 거듭하다가 고려 보조국사 지눌이 정혜결사의 장소로 사용되면서 수선사로 변경되었다. 김시습은 송광사 원효암에 유숙할 때 원효대사의 유적이 있어서 기뻤다. 그렇지만 원효암의 빈 뜰에는 소나무와 전나무만 쓸쓸하게 남아 세월의 무상함을 보여준다.

一宿曹溪興味長 조계사에서 하루를 묵음에 흥미가 깊은 것은
遠公遺跡在禪房 원공(遠公)의 유적이 선방에 있음이라
祖燈十二今何處 조사의 등 열두 개는 지금 어디 있는지
依舊空庭松檜凉 여전하게 빈 뜰에는 송회(松檜)만이 쓸쓸해라

송광사에 머물렀던 인연 때문인지 김시습은 절집의 여러 곳
을 시로 남겨놓았다. 조계산 송광사에 대한 기행시가 가장 풍

□ 송광사, 방황하던 젊은 시절의 추억이 깃든 곳

부할 뿐만 아니라 구체적 모습을 보여준다. 송광사는 어린 시절 삶과 죽음의 문제로 방황하던 자신을 품어준 편안한 공간이다. 비록 세월의 흐름에 송광사도 낡았지만 김시습은 맑은 물에 비친 달처럼 깨끗하고 고결한 양심을 지켰던 것으로 보인다. 이러한 폐허에 방치된 불교문화기행을 통해서 김시습은 세월의 무상함과 심신의 안정을 도모하였다.

송광사 호대에서는 맹수도 고승을 보호하는데 세상 사람들은 어찌하여 의(義)를 사모하는 마음이 간절하지 못함을 한탄한다. 김시습은 세상의 의리를 중요하게 생각하지 않는 사람들을 비판하고 있다. 그리고 무성한 대숲에 십이영당이 낡았으나 그 풍골은 눈을 부릅뜬 용장의 기운이 서려 있다고 했다. 그 당시에도 낡았던 십이영당은 흔적도 없이 사라졌다. 지금은 16국사의 영정을 국사전에 봉안하고 있다.

김시습은 백성들에게 희망을 주는 민중불교에 대한 관심을 보여준다. 호남 지역의 민중불교는 은진의 관촉사, 순천의 송광사, 부안의 암굴 등과 같은 작품에도 나타난다. 그는 젊은 시절 송광사에서 불법을 공부했지만 왕실과 결탁한 불교, 정치화된 불교, 관료화된 불교 등과는 일정한 거리를 두었다. 그 대신에 백성들의 생활 현장에 뛰어들었던 민중불교에 상당한 관심을 보이고 있다. 따라서 김시습은 기존의 관료화된 불교를 과감히 배척하면서도 민중불교를 긍정한다.

김시습의 민중불교에 대한 관심은 원효스님에 대한 존경심과 연결된다. 이 때문에 호남기행에서도 원효스님의 유적이 있는 부안의 개암사 울금바위 아래의 암굴을 찾아간다. 부안의 삽창동에서 선을 닦는 늙은이가 오랫동안 암굴에서 수도했다. 이곳은 백제의 부흥군이 신라와 당나라 군대와 치열한 전쟁을 벌였던 격전지이다. 백제 부흥의 꿈이 싹튼 암굴은 원효스님도 수도했을 만큼 유서 깊은 수행처이다.

이렇게 김시습은 원효스님과 민중불교에 대한 관심을 뚜렷이 보여준다. 정치권력으로 전락한 귀족불교를 강력하게 비판하면서도 민중불교의 상징이기도 한 원효스님은 대단히 존경한다. 민중불교를 위한 원효스님의 활약이 자신의 방외인적 삶과 상통하기 때문에 마음속으로 존경했는지도 모른다. 백성들의 생활과 밀착된 민중불교에 대한 관심은 관서, 관동, 호남, 경주 등에서도 지속되고 있다. 이러한 민중불교에 대한 관심은 신라의 원효스님과 고려의 지공선사, 나옹화상 등으로 연결되는 선불교의 맥을 계승하는 것으로 나타난다.

만복사, 『금오신화』〈만복사저포기〉의 창작 배경

김시습의 저작에는 남원의 만복사에 대한 글이 단 한 편도 없다. 호남을 여행하고 남긴 시문집인 『유호남록』에도 만복사에 대한 언급이 없다. 그렇다면 김시습은 남원의 만복사에 한 차례도 가보지 않았단 말인가? 이것이 사실이라면 『금오신화』의 〈만복사저포기〉는 작가의 상상력에 의한 배경 설정이라

하겠다.

그런데 김시습은 호남 지역을 여행할 때 분명 만복사를 방문했을 것이다. 호남기행에서는 남원 광한루에 올라 경치를 구경하면서 피리소리를 들었다. 피리소리는 달속의 항아가 연주하는 우의곡과 비슷하여 마치 신선의 세계에 들어온 듯했다. 만복사와 가까운 거리에 있는 광한루에 올랐다면 분명히 만복사에도 들렀을 것이다. 그 당시에 광한루에서 바라보면 만복사의 거대한 가람이 한눈에 보였기 때문이다.

김시습은 남원의 만복사에 들렀던 경험을 토대로 『금오신화』에 수록된 <만복사저포기>를 저술한다. 기린산 자락에 거대한 가람을 갖춘 만복사는 호남에서도 위상이 대단히 높았다. 더욱이 <만복사저포기>에는 개령동과 보련사, 개량사 등과 같은 남원의 옛 지명이 등장한다. 『동국여지승람』에 따르면 남원성의 동북방향 50리에 개령동이 있고, 남원부의 서쪽 40리 보련산에 보련사가 있다고 한다.

남원에서 가장 큰 절집인 만복사는 임진왜란 때 화재로 소실되어 옛 모습을 찾아볼 수 없을 만큼 폐허로 변해 아쉬울 따름이다. 그래도 만복사에서 노총각 양생이 여인 만나기를 염원한 탑돌이 장소는 남아 있어서 다행이다. 이밖에도 만복사지에는 부처가 앉았던 연화좌대와 인왕상 등과 같은 석물들이 남아 있어서 당시 절집의 규모를 짐작할 수 있다.

<만복사저포기>는 남원 만복사 동쪽에 살던 노총각 양생이

부처와 저포내기를 통해서 아름다운 여인을 만나 사랑하는 이야기이다. 주인공 양생은 부모를 일찍 여의고 만복사 동쪽 방에서 홀로 살았다. 그때 봄기운을 받은 배나무가 꽃을 활짝 피웠다. 달밤에 배꽃 밑을 거닐며 양생은 자신의 처지를 시로 읊었다.

一樹梨花伴寂蓼　한 그루 배꽃나무 외로움을 달래주는데
可憐孤負月明宵　가련하여라 휘영청 밝은 달밤 허송하누나
靑年獨臥孤窓畔　젊은이 홀로 누운 호젓한 들창가로
可處玉人吟鳳簫　들려오는 저 퉁소는 어느 님이 불어주나

현실에서 외로운 처지로 살아가던 만복사 양생의 모습에 작

• 만복사지의 석탑. 양생과 여인은 탑돌이에서 첫사랑에 빠지다.

가의 자화상을 투영한 것으로 보인다. 주인공 양생은 왜구에게 죽임을 당한 여인이 환생한 귀신과 사랑에 빠지면서 삶의 모든 의미를 버린다. 남원의 만복사는 양생의 삶을 변화시킨 매우 중요한 문학창작의 배경이다. 김시습은 호남기행에서 만복사를 방문했던 경험을 토대로 <만복사저포기>의 창작 배경으로 활용하고 있다. 이러한 호남기행의 경험을 토대로 경주 용장사에서 『금오신화』를 창작할 때 <만복사저포기>의 시공간적 창작 배경으로 만복사를 설정한 것으로 보인다. 따라서 남원의 만복사를 작품의 창작 배경으로 설정했다는 점에서 김시습의 호남기행을 주목해야 한다.

2) 후백제의 흥망과 역사문화기행

김시습은 호남기행을 통해서 백제와 후백제의 역사에 관심을 보이고 있다. 『유호남록』보다 앞선 『유관서록』과 『유관동록』에서는 단군과 기자, 고구려와 고려 등의 역사에 상당한 관심을 보여주었다. 특히 고려말기에 신돈의 전횡을 비판하면서도 이성계가 위화도에서 회군하여 조선을 건국한 덕업을 칭송하고 있다. 그는 호남기행에서 후백제의 역사적 흥망에 상당한 관심을 보여주고 있다.

호남 지역은 백제와 후백제의 옛 영토이다. 김시습은 호남기행을 통해서 백제의 역사를 집중적으로 답사한다. 백제의 역사는 기존의 문헌에 기록되거나 구비 전승된 이야기를 포함하고 있다. 이 때문에 김시습은 삼국시대 호남 지역에 오랫동안 존재했던 백제와 후백제의 역사기행에 초점을 맞추고 있다. 『유호남록』에는 <영백제고사(咏百濟故事)>, <견씨가 완산에서 일어나다(甄氏起於完山)>, <삼자가 아비를 금산에 가두다(三子囚父於金山)>, <견훤이 고려로 달려오다(甄萱來奔於高麗)>, <고려 태조가 황산성에서 죄를 성토하다(麗祖聲罪於黃山城)> 등과 같이 백제와 후백제의 역사기행이 집중적으로 나타난다.

백제인, 대륙에서 건너오다

먼저 <영백제고사>는 백인(百人)이 바다를 건너와 호남 지역에 살게 되었다고 한다. 옛날에 나라가 없었을 때 중국에서 이주해 호남 지역을 개척하여 백제가 건국되었다. 이것은 중국에서 건너온 사람이 풍요로운 호남 땅에 정착하여 백제를 형성했다는 대륙백제설을 말한다. 김시습은 고려시대 편찬된 『삼국사기』의 내용과 다른 역사를 수용하고 있다. 대륙에서 이주한 사람들이 백제를 창건했다는 사실은 한민족의 뿌리가 대륙에 있다는 사실을 보여준다.

百人自中國	일백 사람 중국의 땅으로부터
遠渡滄溟來	멀리 푸른 바다를 건너왔네
以長爲其酋	어른으로 그들의 추장 삼으니
屠者趍爲民	잔약한 자 나아가 백성이 되고

주지하듯이 대륙백제설은 이맥의 『태백일사』와 범장의 『북부여기』에 등장한다. 조선 세조 2년에 각도의 관찰사에게 명하여 민간이 소장하고 있는 상고사 관련 책을 수집해 왕실에 보관했다. 이러한 자료를 바탕으로 연산군 때 활약한 이맥(1455~1428)은 『태백유사』를 출판한다. 김시습보다 후대에 출간된 이맥의 책은 보지 못했을지라도 고려말기 충신 정몽주의 제자인 범장의 『북부여기』는 읽었을지도 모른다. 따라서 김시습은 범장의 책을 읽었거나 호남에 구비 전승되는 백제고사를 들었던 것으로 생각된다.

후백제의 역사적 흥망은 『삼국사기』에 등장하는 내용과 거의 일치한다. <견씨가 완산에서 일어나다>는 견훤이 완산을 기반으로 후백제를 창건하여 한강과 두류산을 포함한 넓은 영토를 통치한 역사적 사실을 보여준다. 그런데 <삼자가 아비를 금산에 가두다>는 견훤의 맏아들 신검이 아비를 금산사에 가두고 권력을 찬탈한다는 내용이다. 아들에게 권력을 찬탈당한 견훤은 <견훤이 고려로 달려오다>처럼 금산사를 도망쳐 고려에 귀부하는 비극적 역사를 보여준다. 이 때문에 고려 태조 왕건은 <고려 태조가 황산성에서 죄를 성토하다>처럼 황산성에서 후백제의 항복을 받아서 후삼국을 통일하였다. 이러한 견훤 가족사의 내분 때문에 후백제는 폐망할 수밖에 없었다.

금산사, 후백제의 패륜 비판

가을이 깊어서 김시습은 김제의 금구현을 거쳐 모악산 기슭의 금산사에 유숙한다. 금구현에서는 십 년 동안 소망했던 꿈은 많은데 성취하지 못한 채 방랑하는 자신의 안타까운 현실을 보여준다. 안개 속에 잠긴 금산사에서 드물게 울리는 종소리의 여운은 아직까지 생명을 다하지 않았다. 1635년에 기록된 <금산사사적>에 의하면 금산사는 600년에 창건되었다가 766년 진표율사가 중창하면서 법상종의 근본 도량이 되었다.

그런데 김시습이 보았던 금산사의 진면목은 찾을 길이 없다. 정유재란 때 소실되어 1635년 수문대사가 다시 중건했기 때문이다. 다만, 진표율사가 봉안한 미륵장륙상과 981년에 완공된 5층 석탑만이 김시습의 눈길을 기억하고 있다. 모악산 금산사는 후백제의 패륜을 비판할 수 있는 역사적 공간이다. 후백제는 국경이 한강에서 두류산까지 넓었으나, 신라를 침범한 뒤에 내부로부터 썩어서 폐망했다고 한다. 더욱이 견훤의 장남이 반란을 일으켜 부친을 금산사에 가두고 권력을 찬탈한 사건을 강하게 비판했다.

纍父胡神祠	아비를 호신사에 가두고
視國如拾塵	나라 보길 티끌 줍는 듯 쉽게 했네
赭彼海岸松	저 해안의 솔밭을 붉게 만들어도
未足書其惡	그 악함을 족히 다 쓰지 못하며

挹彼滄溟波　　저 창명의 물결을 움켜 온대도
不盡浣其毒　　그 독을 다 씻지는 못할 것이라

　후백제는 권력을 둘러싼 내분에 의해서 패망했지만, 아들이
아버지를 감금한 패륜은 그 무엇으로도 씻을 수 없다고 비판
한다. 장남에 의해서 금산사에 감금된 견훤은 당시의 고려 땅
인 나주로 도망쳐 고려왕에게 항복했다. 강한 군사력만 믿고
부친을 가두고 권력을 찬탈한 신검은 하늘을 두려워하지 않았
다. 이런 비극적 사건을 통해서 하늘의 이치와 인간의 순리를
따르지 않으면 폐망한다는 점을 분명히 보여주고 있다. 유교
적 의리를 중시했던 김시습은 후백제의 패망사를 통해서 단종
을 몰아내고 왕위를 찬탈한 세조 정권과 그 신하들을 우회적

● 금산사의 미륵전, 견훤이 감금된 역사의 현장

으로 비판한 것이다.

김시습은 후백제 견훤의 아들이 아비의 권력을 찬탈한 패륜에 대해서 혹독하게 비판한다. 견훤이 창건한 후백제는 넓은 영토와 막강한 군대를 보유했지만 신라의 수도 경주를 공격한 사건으로 급격하게 인심을 잃게 된다. 더욱이 견훤의 아들이 아비를 금산사에 가두고 권력을 찬탈한 패륜에 대해서 비판한다. 후백제의 역사기행을 통해서 패륜과 인심을 잃은 후백제는 역사적으로 폐망할 수밖에 없다는 당위성을 역설하고 있다. 따라서 김시습의 역사기행은 후백제의 폐망과 고려의 통일에 상당한 관심을 보여준다.

3) 산수의 경치와 풍류기행

호남기행에서 아름다운 산수의 경치와 자연의 풍류를 즐겼다. <동정승회(東亭勝會)>는 호남에서 풍류를 즐기는 선비들이 동정에 모여서 시를 짓고 술을 마시면서 음악을 즐기는 모습을 보여주었다. 그들은 금강에 배를 띄워 낚시로 잉어를 낚아내는 풍류를 만끽했다. 밤이 깊어서 배를 돌리니 달은 물에 떠 있었다고 하는 장면에서 세상의 근심을 모두 털어낸 모습을 보여준다. 이러한 아름다운 강호의 흥취를 한가로이 읊다가 해가 지는 줄도 몰랐다는 표현은 풍류기행의 구체적 사례로 볼 수 있다.

호남 지역은 관서와 관동에 비하여 아름다운 경치는 적었지만 시심을 자극하는 내용은 풍부했다. 국화가 번성한 가을에 정읍을 지나며 깨끗한 행장에 자신의 인생이 번거롭지 않았다. 호남 산수의 경치를 찾아가는 풍류기행은 <내장산 골짜기에서 놀며(遊內藏山洞)>, <영은사(靈隱寺)>, <용굴에서 자며(宿龍窟)>, <노현을 해 절물 때에 넘으며(踰蘆峴日暮)>, <무등산에 올라(登無等山)>, <규봉의 난야(圭峯蘭若)>, <용계사(龍溪寺)> 등과 같이 풍부하다. 그런데 호남의 아름다운 산수와 경치를 감상하는 풍류기행에서도 작가의 고민을 풀어놓고 있다. 객지의 정회는 삼월의 버들개지 같은데 길 위의 행색은 십 년 풍상 겪었다고 고백한다. 김시습은 호남의 산수와 경치를 감상하면서도 세상의 고민을 떨쳐버리지 못한 양면성을 보여준다.

　김시습의 발걸음은 깊어가는 가을에 내장산 영은사를 거쳐 용굴에서 자고 정읍현으로 이어진다. <내장산 골짜기에서 놀며>에서는 호남 지역의 시정은 가는 곳마다 좋았지만 아름다운 경치는 아득하여 찾기가 어려웠다고 한다. 가을빛이 깊어갈 때 김시습은 내장산 골짜기에서 놀았다. 내장산 계곡에는 오색의 단풍이 장관을 연출했다. 그럼에도 내장산의 화려함보다 흰 돌과 푸른 이끼가 돋은 시냇가에 흐르는 샘물이 작가의 마음을 시원하게 해주었다. 이 장면에서 산수의 경치를 감상하는 김시습의 미의식이 잘 나타나고 있다.

　　煙霞一逕小　　안개 노을 짙은 한 길이 좁은데

山氣晚沈沈	산 기운도 저녁이라 침침해지네
林下磬聲遠	수풀 아래 경쇠 소리 멀리 가는데
澗邊秋色深	시냇가의 가을빛은 깊어가네
詩情隨處好	시정은 가는 곳마다 좋지만
異境香難尋	좋은 경계 아득하여 찾기가 어렵네
白石蒼苔畔	흰 돌과 푸른 이끼 돋은 가에서
流泉愜我心	흐르는 샘은 내 마음을 시원하게 하네

<영은사>에서 김시습은 발을 씻고 선상에 올라 서산에 떠오른 풍월과 넉넉하고 좋은 흥취로 시를 구상했다. 내장산 영은사는 백제 무왕 37년(636)에 영은조사가 창건한 것으로 전해진다. 그런데 조선 성종 때 성임(1421~1484)의 <정혜루기>에 의하면 고려 말엽 지엄선사에 의해 창건되었다고 한다. 지금으로선 내장산 영은사 창건에 대한 정확한 내용은 알 수 없다. 내장산 금선계곡의 용굴에서는 3년 동안 호수와 바닷가로 떠돌았던 자신의 처지를 회상하고 있다. 김시습은 내장산의 산수와 경치를 감상하는 풍류기행에서도 가슴속의 울분을 토로한다.

그의 발길은 이제 광주 무등산으로 향한다. <무등산에 올라>와 <규봉의 난야>에서는 무등산 정상에 올라서 아름다운 경치를 감상한다. 무등산 정상은 옥을 깎아 놓은 듯 절경이 빼어나고 신사(神祠)와 불우(佛宇) 주변에 교목이 많았다. 그래서

하늘의 별을 손으로 만질 수 있을 것만 같았다.

> 藹藹山光適翠嵐 애애한 산 빛이 푸른 안개에 스며들고
> 高低石逕暗檉楠 높낮은 돌길에는 능수버들이 으늑해라
> 神祠佛宇多喬木 신사의 불우에는 교목이 많아서
> 天近星辰手可探 하늘에 별들이 가까워 손으로 만질 듯하네

 무등산 규봉암 난야의 높은 대에서 아득한 곳을 굽어보았
다. 규봉은 절 입구에 우뚝 솟은 세 개의 돌기둥을 말한다. 그
모양은 신하들이 임금을 알현할 때 들고 있는 홀과 같아서 규
봉이라 한다. 무등산 규봉에서 바라본 경치는 아름다워서 선
방에서 차마 내려오지 못하겠다고 한다. 무등산에 올라서는
세상의 근심을 모두 잊고 청정한 산수의 경치를 감상하는 여
유를 누렸다.

능가산, 신선술을 배우다

 김시습은 바다 위의 첩첩한 봉우리가 있는 능가산에서 신선
술을 배운다. 십 년 동안 잘못해 풍진에 얽혔다가 뒤늦게 신선
의 도를 닦아 늙음을 쫓는 방법을 배우겠다고 한다. 세상의 번
잡함을 떠나서 신선의 경지에서 머물고 싶었는지도 모른다.
능가산 봉우리의 와정이라는 우물에서 봄물이 불어나고 사선
정에서는 경치를 바라보았다. 김시습은 신선이 노닐 만큼 청

정한 부안의 능가산에서 불로장생을 꿈꾸었다.

소나무가 천길이나 자라난 오래된 부안의 내소사에 도착했다. 세상에서 아옹다옹 토닥거리고 살아온 삶이 굳게 닫힌 산문 앞에서 무연했다. 더욱이 변산의 개가 바위굴로 도망쳤는데 날이 저물어도 돌아오지 않았다. 개도 세상 물정을 잊는데 사람이 어찌 세상의 시끄러움을 피하지 못하는지 한탄한다. 그래서 변산 야봉에 홀로 있으면서 생식을 통해 신선의 방술을 배웠다. 이러한 내용은 <야봉에 홀로 있으며(丫峰獨居)>에 잘 나타나고 있다.

내소사 전나무 숲길, 신선의 세계로 가는 생태치유의 현장

分與閑雲共一窩 한운과 나누어 한 집에서 함께 하며
懶來初學服松花 게으름이 오면 비로소 송화 먹길 배우누나
千山黯淡煙如縠 일천 산은 암담하여 연기 무늬 같은데
萬木扶踈岫似丫 일만 나무 서로 얽히고 산은 야(丫) 자 같아라

능가산 야봉에서 구름을 벗하여 송화를 먹으며 신선술을 배우고 있다. 예로부터 바닷가에 인접한 부안은 신선이 거처할 만큼 신비로운 풍광을 보여준다. 능가산 야봉은 세상의 번잡함을 잊어버리기에 충분할 만큼 조용했다. 그중에서도 부안의 높은 봉우리가 안개에 잠기고 소나무와 전나무가 울창한 옛 청림사를 방문한다. 푸른 숲속에 자리한 청림사는 사람이 찾지 않을 뿐 아니라 맑고 깨끗하여 신선의 경지와 같았기 때문이다. 그리고 신선의 경지로 인식했던 청림사도 세월을 감당하지 못하고 폐사되어 안타까울 따름이다.

부안에서는 십 년 동안 낚으려든 마음이 사라져 한 조각의 푸른 바다의 섬을 바라보며 낭유했다. 김시습은 늙어서 산기슭에 머물면 장년의 시야가 넓었음을 말하겠다고 다짐한다. 이러한 작가의 정신세계는 자연의 품속에서 유람하는 호탕한 모습을 보여준다. 그래서 고목이 수천 그루 자라고 있는 소나무 숲길을 따라 용계사로 올라갔다. 용계사는 대숲이 골방을 가려서 고요했지만 왕래하는 마음도 없었다. 이렇게 산수 자연에서 시를 짓고 술을 마시면서 풍류를 즐긴 것으로 보인다.

부안의 능가산에서 신선술을 배우는 모습은 앞선 관서와 관동에도 등장한다. 관서기행에서는 묘향산에서 신선의 경지를 읊었다면 관동기행에서는 오대산 월정사에서 신선술을 배우고 『황정경』을 읽었다. 그런데 호남기행에서는 아직까지 가슴속의 울분을 완전히 삭이지 못했음을 보여준다. 따라서 김시습은 세상의 시끄러움을 잊고 자신의 양심을 지키기 위해서 부안의 능가산에서 신선술을 수련하고 있다.

이상에서 김시습은 호남기행을 통해서 아름다운 산수의 경치를 구경하였다. 그렇다고 해서 가슴속에 쌓인 울분을 모두 잊은 것은 아니다. 사람들의 왕래가 드문 산수 자연에 머물면서 시를 짓고 술을 마시면서 경치를 감상했다. 김시습은 산기슭에 웅장한 폭포가 있고 바위와 소나무가 우거진 높은 산에서 소요하는 것을 최고의 풍류로 인식한다. 이러한 풍류기행에도 세상에 대한 양심을 지키려고 애쓰는 작가의식이 드러나고 있다.

4) 생명에 대한 관심과 생태문화기행

김시습은 생명에 대한 관심과 생태문화기행을 지속적으로 보여준다. 경주기행에서는 금오산 용장사에 터 잡고 살면서 심신의 안정을 찾았기 때문에 다양한 생태문화를 제시하고 있다. 그런데 호남기행에서는 늙은 매화, 대나무, 비자와 동백, 아름다운 난초, 소나무 등의 생태에 대한 관심을 보여준다.

호남기행에서 창작한 시를 잃어버렸다는 기록을 감안하면 생태문화기행에 상당한 관심을 가졌을 것으로 짐작된다. 호남의 생태문화기행을 통해서 자신의 절개와 세계관을 투영하고 있다. 이러한 호남의 자연생태와 생명에 대한 관심은 <도중에 난초가 풀밭 속에 버려진 것을 보고 슬피여겨 짓다(途中見蘭委葉 於草莽哀之而作)>, <소나무를 심으며(栽松)>, <화암사의 수사회(花 巖寺垂絲檜)> 등에 잘 나타난다.

호남기행을 통해서 김시습은 난초에 대한 생명의식을 보여준다. 그는 난초가 풀밭에 버려진 것을 보고 슬퍼하면서 시를 짓는다. 가시덤불에 피어난 난초의 향기와 고결함을 사랑해 혼자 서성거리는 가녀린 모습을 보여준다. <도중에 난초가 풀밭 속에 버려진 것을 보고 슬피여겨 짓다>는 이런 난초를 통해서 자신의 절개를 은연중에 표현하고 있다.

聘彼猗猗蘭	아름다운 저 난초를 바라보니
委身荊棘傍	가시덤불 가에다가 몸을 버렸네
幽香清且芬	그윽한 향기는 맑고 향기롭고
綠葉秀而長	푸른 잎은 빼어나고도 기다랗구나
竟夕獨徘徊	왼 저녁을 나 혼자 서성거리다
臨風增永傷	바람 맞으니 긴 슬픔이 더하네

그윽한 향기를 품은 난초에 자신을 비유하고 있다. 날씨가

추위도 지조를 지키는 난초의 모습을 통해서 작가의 양심을 은유적으로 제시한다. 가시밭에 버려진 난초처럼 세상의 모진 바람을 맞아서 슬퍼하는 모습이 작가의 자화상과 닮았는지도 모른다. 그래서 가녀린 난초 주변을 혼자 서성거리며 생명에 대한 관심을 보여준다. 추위에도 향기를 품은 고결한 난초의 생태를 통해서 작가의 순수한 절개와 생명의식을 보여준 것이다.

화암사의 수사화는 빽빽하게 실을 드리우고 줄기는 길었다. 기는 지출을 머금어서 선골을 배태하고 껍질은 용을 베껴 불당에 둘러 있다. 화암사의 중들은 지공이 심은 서역의 전단수라고 했으나, 그것이 어떤 식물인지는 정확하게 알 수 없다. 한밤중의 빈 뜰에서 서향을 맡을 수 있다고 한 것으로 보아 향기가 상스러운 나무임에 틀림없다. 따라서 화암사에 핀 수사화의 생태와 생명에 대한 관심을 통해서 향기로운 생각이 멀리까지 퍼지기를 소원하고 있다.

김시습은 봄에 소나무를 심으며 소나무를 예찬하고 있다. 소나무는 날씨가 추운 겨울이 되어야 진정한 마음을 알 수 있는 대표적인 군자의 나무이다. <소나무를 심으며>에서는 소나무의 세한심을 사랑하여 산문 앞에 심어두고 항상 바라본다. 김시습은 혼란한 세상 속에서도 자신의 굳은 마음이 흔들리지 않도록 소나무의 절개를 시로 읊었다.

宕翁憐汝歲寒心　탕옹이 너의 세한 마음 가련하게 여겨
栽培山門意更深　산문 앞에 재배하니 뜻이 더욱 깊었어라
庭院無人聲可愛　정원엔 사람이 없어도 네 소리 사랑스럽고
簷櫳篩月影堪吟　처마 끝에 달이 어른거릴 제 네 그림자 읊을
　　　　　　　　　만하네

　소나무는 달빛과 조화를 이룬다. 솔바람 소리는 청량하고 달빛에 어리는 그림자는 신선의 세계를 보여준다. 소나무의 생태를 시적 언어로 표현한 작가의 관찰력이 돋보인다. 이러한 소나무에 대한 애정은 조선의 국토기행을 통해서 지속되었다. 김시습은 호남기행에서 난초와 소나무, 수사화(서향) 등과 같은 생태문화를 통해서 생명에 대한 관심과 절개를 표현하고 있다.

3. 호남 공간에서 만난 사람들

　김시습은 26세가 되는 1460년(세조 6)에 호남기행을 시작한 것으로 보인다. <탕유호남록후지>에는 산악이 발달한 관서와 관동에 비하여 평야지대가 펼쳐진 호남은 물산이 풍부하고 백성들이 순박하다고 말한다. 산수의 아름다운 경치가 상대적으로 빈약한 호남 지역을 유람하면서 고향과 가족에 대한 그리

움으로 눈시울을 적시기도 했다. 더욱이 호남기행에서는 백제와 후백제의 문화를 답사하면서도 자신의 올곧은 마음과 외로운 심정을 곳곳에 풀어놓았다.

그런데 김시습은 세조정권을 혐오하지만 백성들이 편안하게 생활하는 모습을 통해서 세조의 선정을 칭송하기도 한다. 예컨대 부안의 성루와 고부성에 올라서는 전쟁이 없어 사졸이 편안하고 세금과 공물이 낮아서 백성들이 편안한 것은 세조의 교화 덕분이라고 한다. 이것은 경직된 정치논리를 넘어선 지식인의 양심과 애민의식의 표현이라고 생각된다. 호남기행에서는 조선 건국을 긍정하면서도 세조를 비판했던 기존의 시각에서 벗어나고 있다. 세조의 왕위찬탈에 대한 비판과 백성들의 편안한 삶에 대한 긍정은 다른 사안이기 때문이다. 이런 점에서 작가의 고민이 역설의 미학으로 나타난다.

이러한 호남기행을 통해서 김시습은 다양한 사람들과 교류하였다. 호남기행에서는 지역의 관리와 선비 및 승려를 자주 만났다. 외로운 여정의 공간에서 만난 사람들은 김시습의 행동에 동조하는 사람들도 있었지만, 반대하는 사람들도 있었다. 특히 냉혹한 세상의 변화에 동참하는 옛친구를 보면서 울분을 삼켰을 것이다. 반대로 자신의 절개에 동조하는 사람들과 함께 즐거운 나날을 보내기도 했다. 이렇게 김시습은 호남기행에서 만난 사람들과 교류하면서 세상의 변화를 실감했을 뿐만 아니라 자신의 절개를 강화하는 계기로 삼았다.

가을날 청주에서 경생원과 함께 술을 마시면서 겨우내 어울렸다. 유학을 탐구한 자신의 날개가 잘린 동안에도 세월은 흘러갔지만 가을에 애끓음이 몇 번인지 회상했다. 세속의 인연은 날로 엷어져도 경생원과 김시습의 절개는 깊어만 갔다. "창밖엔 청산이오 상 위에는 거문고라"라는 시구를 통해서 유학자의 절개를 지키고 있다. 더욱이 고결한 학이 닭무리의 속임수를 벗어나 푸른 봉우리를 향해 높은 곳을 찾겠다는 작가의 의지를 보여준다.

世緣日薄道根尋 세속의 인연 날로 엷어가도 도의 뿌리는 깊어
　　　　　　　가니
窓外靑山床上琴 창 밖에는 청산이오 상 위에는 거문고라
天末半竿西迫日 하늘 끝에 반길 쯤 서쪽으로 해 다가가
動君純孝奉親心 그대의 순효로 봉친하는 마음에 동해라

진사 조리는 조말생의 조카이자 조종생의 아들이다. 세조의 계유정란으로 족형 조극관이 살해된 이후에 조리는 청주에 유배된 것으로 보인다. 그는 김시습을 찾아와 자신의 불우함을 한탄한다. 계유정란의 피해자인 조리와 김시습은 곤(困) 자로 시를 지어 희롱하고 익살을 부렸다. 이런 점에서 김시습은 청주의 경생원, 진사 조리와 함께 세조의 왕위찬탈을 우회적으로 비판한다.

    1460년(세조 6)에는 논산 은진현 객사에서 문학 노사신을 만났다. 김시습과 교류한 노사신은 세조의 왕위찬탈에 동조한 인물이다. 노사신은 세조의 총애를 받으며 사전편찬과 번역사업에 커다란 공헌을 했다. 당시 세자우문학의 벼슬에 있던 노사신은 김시습에게 출사할 것을 요구했는지도 모른다. 그런데 김시습은 은진현 객사에 머물고 있던 세자우문학 노사신의 시에 차운하여 깨끗한 암자에 머물기를 소원하는 심정을 솔직하게 드러내었다.

    浮世風波如許闊 뜬 세상의 풍파가 이같이도 넓더냐
    靑松白石遠人間 푸른 솔과 흰 돌로 인간 세상 멀리했네
    舊遊踪跡如春夢 옛날에 놀던 종적은 봄날의 꿈과 같아서
    得失多慚不出賣 득실에 수치 많아 세상에 나가지 않으려오
    柳標飄然山上去 단장 집고 표연히 산 위로 올라가서
    掉頭不肯留人間 머리 저어 인간세에 머물기를 싫어하네

    위와 같이 김시습은 타락한 세상, 즉 세조정권을 혐오하여 세상에 머물기를 싫어하는 뜻을 분명히 밝히고 있다. 이득을 추구하는 세상을 떠나 푸른 소나무와 흰 돌이 있는 산에서 절개를 지키며 살고 싶었다. 이런 점에서 김시습은 세조의 정권에 영합한 문학 노사신과는 달리 지식인의 양심을 지킬 수 있는 자유로운 길을 선택한다. 푸른 산속의 조용한 암자를 찾는

발걸음이 호남 지역을 유람하는 방외인의 삶으로 나타난다.

성균관에서 함께 공부했던 친구 김 직강을 만나 옛 이야기를 나누었다. 그때는 같은 목적을 가지고 공부했지만, 지금은 서로의 입장이 달라서 답답한 심경을 보여준다. 성균관에서 유학을 공부할 때의 명분은 사라지고 타락한 현실에 안주하는 김 직강의 모습에 분노한다. 김시습은 "시사 따라 말하니 귀머거리 되려네"와 같이 강산을 두루 유람한 뒤에 생각과 말을 잊으려고 한다.

장성군 진원의 진산에 늙은 중 신행이 정사를 짓고자 하여 '인월(印月)'이라는 이름을 지어주었다. 김시습이 만나본 신행은 늙었으나 행장은 깨끗해 탐욕이 없었다. 인월은 고요한 맑은 물에 비친 가을 달처럼 신행의 모습과 잘 어울리는 것 같다. 초봄에는 진원의 가성사 나한당에서 중과 함께 이야기한 뒤에 순천 송광사에서 준상인(峻上人)을 만났던 것으로 생각된다. 송광사 준상인은 김시습이 모친상을 당하여 방황하던 시기에 불법을 가르쳐준 스승이다. 호남에서 도력을 쌓은 준상인과 상봉한 그는 심신의 안정을 얻었을 것이다.

나주목사 최선복은 김시습을 후하게 대접한다. 그와는 유학자의 절개를 논하지 않고 봄날 유쾌한 꽃놀이를 즐겼다. 김시습은 호남기행 도중에 병이 들어 수심(愁心)이 일어났다. 그의 병에 대해 무당은 귀신의 견책이라 하고 의사는 머리의 풍이라 말한다. 그런데 김시습은 무당과 의사의 진단을 틀렸다고

하면서 시를 짓지 못해 애석하게 생각한다. 다행히 1462년 전라도 관찰사 원효연이 의원을 보내주어 고마움을 표한다.

호남기행에서 최선복과 원효연의 도움을 받았기 때문인지 유교적 명분은 전혀 언급하지 않는다. 최선복과 원효연은 자신이 싫어하는 부도덕한 세조정권의 공신이다. 그럼에도 세조정권에 협력한 최선복과 원효연에 대한 비판은 나타나지 않는다. 그들은 계유정란과 단종의 폐위에 가담한 간신들이 아니기 때문이다. 최선복과 원효연은 세조정권에 벼슬하면서도 김시습의 절개와 양심을 존중했는지도 모른다. 그들은 세조정권에서 살아남은 자의 슬픔과 연민의 정으로 김시습의 호남기행을 도와준 것으로 생각된다.

• 나주목의 객사 금성관. 유쾌한 봄놀이를 즐기다.

정읍 입암면 천원관에서 십 년 동안 마음을 이야기한 전라도 경력 고태필을 만난 기쁨을 노래하고 있다. 호남기행의 외로운 여정에서 고태필을 만나 정다운 이야기를 나누었다. 서로 마음이 통했던 고태필과 정담을 나눈 하룻밤이 천금과 같이 귀중하다고 말한다. 얼마나 반가웠던지 죽방의 풍우에 잠자리를 함께 하자고 청한다.

相逢談笑十年心 서로 만나 십 년 동안의 마음을 담소하니
一夕情懷直抵金 하루저녁 정회가 값이 천금이라오
京洛幾時來遠域 서울에서 어느 때에 먼 곳으로 왔으며
江湖何處費淸吟 강호의 어디메서 맑은 읊음 허비했나

서울 성균관 동북쪽의 옛 친한 이웃 전라도 안무사 최경례가 산에 있는 김시습의 집으로 찾아왔다. 김시습의 선배인 태인현감 정석이 자주 방문해 함께 어울렸다. 그들은 창에 드는 달을 함께 구경하듯이 서로 마음이 통하는 사이였다. 김시습은 전라도 경력 고태필, 성균관의 고향 친구 안무사 최경례, 태인현감 정석 등과 친분이 두터웠기 때문에 호남기행의 외로움을 달랠 수 있었다. 이들 문인들은 김시습의 절개와 양심에 동참하면서 후원을 해준 것으로 생각된다.

이렇게 김시습은 호남기행에서 만난 지역의 선비, 지방관, 친구, 승려 등과 어울리며 세상의 변화를 실감하면서도 따뜻

한 위안을 얻기도 했다. 자신의 뜻에 동조하는 지역의 선비들과 친구들은 올바른 지식인의 양심을 지킬 것을 주문했다. 반대로 김시습의 재능을 아깝게 여긴 사람들은 세조정권에 출사할 것을 요청했다. 그는 지식인의 양심과 출사의 상황에서 고민할 수밖에 없었다. 결국 김시습은 호남기행을 통해서 마음의 안정과 올바른 양심을 지키기 위해 방외인적 삶을 지속한다.

경주기행과 신라문화의 현장

1. 경주기행의 이동 경로

호남을 방랑하던 김시습은 1462년 늦가을에 호남의 운봉현
에서 경상도 함양, 거창 견암사, 합천 해인사 등을 거쳐 경주
로 들어왔다. 경주 금오산 중턱 용장사에 살 집을 마련하고 그
곳에 몸을 의탁했다. 오랜 방랑의 고초를 벗어나기 위한 몸부
림으로 경주 용장사는 세상의 근심을 씻어내는 마음의 안식처
이자 고향이었다. 그렇다고 해서 김시습이 용장사 초가집에서
만 맴돌았던 것은 아니다. 금오산 자락의 신라 문화유산을 비
롯하여 울산, 평해, 울진, 삼척 등의 바닷가를 자유롭게 여행하
였다.

매월당 김시습의 생애에서 경주는 매우 특별한 곳이다. 조선 초기에 발생한 계유정란과 세조의 왕위찬탈로 인하여 김시습은 삼각산 중흥사를 떠나서 오랫동안 전국을 유람하는 방외인적 삶을 거듭했다. 영남지방을 유람한 『유금오록』은 신라의 천년고도 경주의 문화유산 기행시가 대부분을 차지하고 있다. 따라서 김시습의 『유금오록』을 분석하여 경주기행의 양상과 문학창작의 현장을 생생하게 살펴보고자 한다.

인생의 황금기를 경주에서 보낸 김시습의 발걸음 따라잡기는 생각보다 쉽지 않다. 오랫동안 자유롭게 살았던 그의 발걸음은 매우 복잡한 양상을 보여준다. 경주의 생활모습이 고스란히 담긴 기생시집 『유금오록』을 통해서도 정확한 이동 경로를 파악하기 어려운 실정이다. 그럼에도 김시습의 경주기행의 발자취를 따라가면서 색다른 신라 문화유산을 답사했다. 때로는 잃어버린 신라 역사의 연결고리를 맞추는 소중한 경험을 했다.

김시습의 이동 경로는 오랫동안 터를 잡고 살았던 경주 금오산 자락의 용장사에서 출발하는 것이 좋다. 금오산은 배리의 냉골 방향으로 올라서 정상의 경치를 조망한 다음 용장사로 이동하는 것이 좋다. 용장사에서 남쪽 산등성을 타고 고위산 천룡사로 가는 길은 호젓한 기분을 느낄 수 있다. 산을 내려와 선방사로 추정되는 배동 삼존불을 지나서 신라 폐망의 역사적 비애가 스며 있는 포석정에서 서성거렸다. 신라 왕실의 무덤이 있는 오릉, 이차돈의 순교로 창건된 최초의 절집 흥륜사 등을 차례로 답사하면 하루해가 서산에 걸린다.

다음날 아침 일찍 일어나 김유신 장군의 무덤에 비치는 햇살을 감상한다. 다시 서천을 건너 김알지의 탄생 신화가 스며 있는 계림, 땅속의 우물이 지상으로 솟은 모양의 첨성대, 신라의 왕성이 있었던 반월성, 경주 박물관 뜰에 자리한 성덕대왕 신종 등을 차례로 답사했다. 그래도 아직까지 오후의 햇살이 남아 있어서 신라 최대의 절집 황룡사, 당시에 나무로 만든 부도가 있었던 영묘사, 원효를 존경해 무쟁비를 지어준 분황사, 옥판사와 교류한 금강산 백률사 등으로 발걸음을 재촉했다.

셋째 날에는 월명스님이 주석했던 사천왕사, 최초로 왕위에 오른 여성 선덕여왕의 무덤을 거쳐, 자신의 조상인 북천 김주원의 집터를 방문했다. 그리고 벼와 기장이 누렇게 읽은 대로원을 지나 동산령에서 동해를 조망하면서 가슴속에 쌓인 번뇌를 씻어내었다. 홀가분한 마음으로 토함산 자락의 아름다운 가람배치를 보여준 불국사에 도착해 천천히 거닐었다.

넷째 날에는 동남쪽에 자리한 울산의 태화루에 올라 동해에서 자유롭게 헤엄치는 고래를 보았다. 동해를 끼고 북상하여 평해의 월송정에서 아름다운 경치를 감상했다. 발걸음을 북쪽으로 옮겨 망양정, 울진의 성류굴을 답사했다. 그곳에서 동해에 떠 있는 울릉도를 바라보았을 텐데, 나는 아무리 보아도 아득한 수평선만 시야에 들어왔다. 아름다운 동해의 풍경을 보면서 강원도 삼척으로 발길을 향했다.

경주에서 살았던 김시습의 이동 경로를 따라서 구체적으로 답사했다. 그의 이동 경로와 멀리 떨어진 고위산 천용사는 발걸음이 쉽지 않았다. 주변의 용장사와 거리가 있어서 천용사만 답사하기 위해서 다른 길을 택해서 그 멋진 풍광을 보았다. 그래도 김시습의 발자취와 삶의 흔적을 모두 확인하지는 못했다. 폐사의 흔적이 남아 있는 북명사, 김시습의 초상화가 봉안된 기림사 등도 중요한 곳이다.

김시습은 경순왕 무덤과 안하지 옛터에서 신라의 망국을 노래하였다. 그런데 조선 태조 이성계의 모습을 봉안한 집경전에 들러서는 고려의 멸망과 조선의 개국을 긍정하고 있다. 경주에 머무는 동안 신라 천년의 문화유산을 답사한 내용을 기행시로 담아내었다. 폐허에 방치된 신라 문화유산을 답사하면서 김시습은 세상의 흥망이 부질없음을 읊조렸다. 따라서 금오산과 경주 문화유산의 이동 경로를 따라가면서 문학창작의 현장을 엿보는 즐거움을 만끽했다.

금오산 자락의 용장사에 오랫동안 머물렀던 김시습의 발길이 닿지 않은 곳이 어디 있을까? 경주기행의 양상은 불교문화기행, 생태문화기행, 유교문화기행 등으로 나타난다. 김시습의 『유금오록』에는 호남에서 경주로 들어오는 여정과 효령대군의 요청으로 서울을 다녀오는 여정 및 자유로운 동해안 여정 등도 포함되어 있다. 특히 동해안 여정은 경주를 떠나 울산의 태화루와 평해 월송정, 울진 망양정, 성류굴 등으로 이어진다. 심지어 울진을 지나 강원도 정선, 태백산, 삼척으로 이어진다. 따라서 인생의 황금기를 경주에서 보낸 김시습의 발걸음은 매우 복잡한 양상을 보여준다.

　문학창작의 현장은 작품의 무대, 소재, 내용, 사상과 내면의식 등과 관련되지만 작가의 창작에 영감을 주기도 한다. 이러한 문학창작의 현장은 작가의식과 작품의 미의식을 역동적으로 이해하는 현장론적 연구 방법이기도 하다. 여기서는 김시

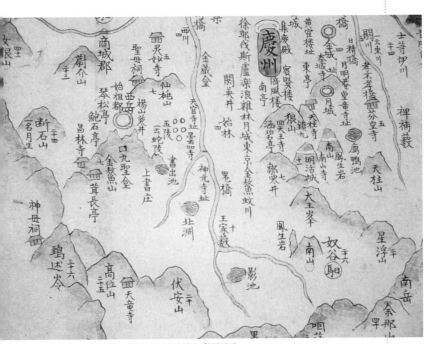

『동여비고』, 경주의 고지도에서 김시습의 발자취를 확인하다.

습의 『유금오록』에 등장하는 문학창작의 현장을 구체적으로 살펴보고자 한다. 특히 김시습이 방문한 경주의 사찰과 작가의 사상이나 내면의식을 확인할 수 있는 문학창작의 현장을 집중적으로 조명할 것이다.

2. 경주기행과 문학창작의 현장

1) 폐허에 방치된 불교문화기행

김시습은 폐허에 방치된 신라의 도읍지 경주의 불교문화를 답사하였다. 천년고도 신라의 불교문화유산을 답사한 기행시는 <용장사>, <선방사>, <흥륜사>, <황룡사>, <영묘사>, <백률사>, <무쟁비>, <분황사 석탑>, <봉덕사의 종>, <불국사>, <천왕사지>, <천룡사> 등과 같이 매우 풍부하다. 이러한 폐허가 되어버린 경주의 불교문화를 답사하면서 김시습은 가슴속에 쌓였던 울분을 떨쳐내었다.

당시 김시습이 경주의 불교문화유산을 방문했을 때 선방사, 영묘사, 천주사, 봉덕사 등은 이미 폐사된 지 오래였다. 찬란한 신라의 불교문화유산인 사찰들이 폐허로 방치되거나 인가로 변해 흔적도 남아 있지 않았다. 천년고도 경주의 불교문화유산이 폐허로 방치되고 있는 현실을 목격하면서 세상사의 변화를 실감했을 것이다. 또, 인가로 변해버린 사찰을 방문하여 세월의 무상함과 신라의 흥망성쇠를 회고하며, 세상의 부귀공명도 허망하다는 것을 깨달았다.

금오산 용장사, 속세와 단절된 고향

• 경주 용장사지 3층 석탑

경주 금오산 용장사에서 폐허로 방치된 불교문화유산을 답사하였다. 경주에 들어와서 곧바로 용장사에 집터를 마련한 것은 아니다. 경주에 임시로 머물다가 금오산 용장사에 거처를 마련했다. 신라 천년의 꿈이 피어난 금오산에서 가장 먼저 확인하고 싶었던 것은 바로 용장사이다. 용장사는 김시습의 아지트이자 마음의 고향이기 때문이다. 용장사 초가집은 대나무와 매화가 자라고 있는 산골짜기로 사람들이 찾아오지 않는 곳이다.

茸長山洞窈　　버섯 자라 산골짜기 깊숙도 하여
不見有人來　　사람이 오는 것을 보지 못해라
細雨移溪竹　　가랑비에 시냇가의 대나무가 자라고
斜風護野梅　　비낀 바람은 들매화를 보호하누나
小窓眼共鹿　　작은 창에서 사슴과 함께 자고
枯椅坐同灰　　마른 의자에 앉았으니 재와 같은데
不覺茅簷畔　　깨닫지 못하겠도다, 초가집 처마에서
庭花落又開　　뜰 꽃이 떨어지고 또 피어남을

<용장사의 경실에 있으며 회포가 있어서(居茸長寺經室有懷)>는 세속과 구별되는 자연의 모습이 뚜렷이 나타난다. 그는 세상과 떨어진 용장사 초가집에서 자연과 벗하며 살아가는 자신의 모습을 자세히 읊고 있다. 금오산 중턱에 자리한 용장사는 자연과 호흡할 수 있는 생태적 공간이자 은둔처이다. 효령대군의 부름을 거절하지 못해 서울에 머물 때도 용장사 초가집을 몹시 그리워하였다. 서울의 맛있는 음식도 부담스러워 경주 용장사로 돌아가고 싶었다.

용장사 초가집은 토란과 밤이 동산에 가득하여 잔나비와 함께 살고 싶은 작가의식을 내비치고 있다. 세상의 근심을 끊어 버리고 자연과 더불어 행복하게 살고 싶었던 소망이 고스란히 드러난다. 그래서 서울에 머물면서도 죽순, 고사리가 풍부한 금오산 용장사 초가집을 항상 그리워했다. 용장사 초가집을

자신의 고향이자 삶의 터전으로 생각하고 있기 때문이다. 내려가던 도중에 다시 세조의 부름을 받았으나, 고사하는 시를 지어 올리고 경주로 용장사로 발길을 잡았다.

경주로 내려가는 여정은 매우 빠르게 전개된다. 구봉령을 바라보며 용장사 초가집에서 평안하게 이야기하기를 소원한다. 중모현에서 하룻밤을 보내고 다음날 결진을 건너 선산을 지나 공산으로 발길을 재촉했다. 높이 솟은 팔공산을 바라보며 아화역에서 자고 다음날 새벽에 출발했다. 금오산 용장사에 무사히 도착한 김시습은 병이 들어 초당에 누워 자신의 회포를 적었다. 창 밖의 파초에 끊임없이 내리는 비에 평생 응어리진 창자를 씻어내는 듯했다. 그 모습이 얼마나 후련했을까 짐작하고도 남는다.

● 금오산 용장사. 김시습의 집터는 폐허로 변하다.

京洛歸來病臥床　서울에서 돌아와 병으로 침상에 누웠으니
一年人事付閑忙　한 해의 인사는 바쁘고 한가한 대로 맡겼구나
無端窓外芭蕉雨　끊임없이 창 밖의 파초에 내리는 비에
滌我平生磊塊腸　내 평생의 응어리진 창자를 다 씻어 내누나

　용장사 초가집에 도착한 기쁨도 잠시일 뿐이었다. 서울에서 급하게 고향으로 돌아오다가 그만 피로가 겹쳐 감기에 걸린 듯하다. 용장사 초가집에서 만성피로 때문에 10일 정도 거동을 못하다가 가을이 깊어질 때 병석에서 일어났다. 병석에 누워 있는 동안 옛일을 생각하며 평소에 생각해온 깨달음을 감흥시로 읊었다. 중국과 한국의 역사적 변천을 통해서 세상사의 흥망은 끝이 없는 것이라 강조하였다. <초당에 병으로 누워 회포를 쓰다(草堂病臥書懷)>는 현재의 삶을 중요하게 생각하고 만족해야 함을 보여준다.

　금오산 중턱에 자리한 용장사는 경주에서도 쉽게 찾아올 수 있는 곳이 아니다. 용장사 석탑에서 바라본 남산의 경치는 속세를 벗어난 경건함으로 다가왔다. 김시습이 머물렀던 용장사 자리에는 풀들만이 무성하게 자라고 있다. 용장사에 살면서 차나무, 매화, 대나무 등을 심었다고 했지만 대나무만이 옛 집터를 푸르게 감싸고 있다.

　경주에서 김시습은 마음의 여유와 안정을 찾았던 것으로 보인다. 금오산 용장사 주변에 고결한 마음을 상징하는 매화와

대나무를 심고 소나무와 잣나무, 삼나무 등의 절개를 사랑했다. 향긋한 차 한 잔에는 세상의 모든 근심을 씻어주는 매력이 있다. 김시습도 차나무를 기르며 심성을 맑고 깨끗하게 수양하였다. 그뿐만 아니라 향기로운 장미를 심어놓고 꽃이 필 때를 기다리기도 했다.

특히 용장사는 『금오신화』를 창작했던 장소로 유명하다. 유학을 공부했던 김시습은 어디를 가더라도 책을 끼고 다녔다. 오동나무에 비친 가을 달의 그림자가 책상에 어른거렸을 때는 『초사』를 꺼내 읽었다. 전국시대 초나라 사람 굴원이 창작한 『초사』는 지역성, 풍부한 상상력, 화려한 문체, 자유로운 형식, 설화 등이 포함된 중국의 대표적 문학이다. 그럼에도 현재 용장사에는 대나무와 집터의 흔적을 제외하면 아무것도 남아 있지 않다. 무성한 잡초만이 작가의 방외인적 삶을 대변하고 있는지도 모른다.

선방사, 푸른 보리밭의 생명력

김시습은 금오산 용장사에서 경주 읍내로 향하던 중에 선방사(禪房寺)에 자주 들렀을 것이다. 선방사는 헌강왕 5년(897)에 왕실과 귀족층의 신앙과 관련되어 있지만, 그 당시에도 절집을 돌보는 스님은 떠나고 폐허에 방치되었다. 그래서 선방사의 정확한 위치가 어디인지 그 흔적조차 찾을 길이 없다. 다만, 선방사의 옛터로 알려진 곳에는 지금 망월사가 들어섰다.

망월사와 배동 삼존석불이 있는 곳이 옛 선방사의 터로 추정된다.

나는 망월사와 삼존불 주변을 서성이면서 김시습의 발길과 시선이 머물렀던 선방사의 폐허를 더듬어 보았다. 망월사 주변에는 선방사 담벼락을 따라 자라던 보리밭이 옛 정취를 더해주었다. 김시습이 선방사를 방문했을 때도 담장이 무너지고 허물어진 전각만이 쓸쓸한 폐허의 분위기를 자아내고 있었다. 그런데 김시습의 시선을 사로잡은 것은 담장가의 보리밭과 섬돌가의 구기자 열매이다.

牆畔麥壟芒甲細 담장가의 보리밭에 가스랑이 가는데
砌邊杞實乳光魁 섬돌가의 구기자 열매 젖빛이 빼어나네
興亡便是無窮事 흥망이란 그것은 곧 끝이 없는 일이어서
今古推來眼屢回 이제와 옛날 미루어 보니 눈이 자주 도누나

• 선방사지, 푸른 보리밭의 생명력

그 당시의 선방사는 여염이 되어서 하나의 전만이 허물어져 있을 뿐이다. 김시습이 보았던 보리밭과 구기자 열매는 끝없이 반복되는 세상사의 조그마한 희망이다. 봄날 선방사로 추정되는 망월사를 찾았을 때도 푸른 보리밭을 보았다. 추운 겨울을 이겨내고 봄의 싱싱한 생명력을 키우고 있는 보리밭을 천천히 거닐었다.

김시습은 폐허가 된 절집의 보리밭을 보면서 무슨 생각을 했을까? 어쩌면 허물어진 선방사에서 푸른 보리밭의 꿈을 꾸고 있었는지도 모른다. 봄날 푸른 보리밭의 풍경을 통해서 김시습과 내 시선이 교차하는 기쁨을 누렸다. 500년의 시간을 거슬러 과거와 현재의 시선이 상호 소통하는 문학창작의 현장을 확인하였다.

흥륜사와 사천왕사, 비현실적 불교 비판

신라 최초의 절집인 <흥륜사지(興輪寺址)>는 이차돈의 순교와 관련된 뜻깊은 곳이지만 세월의 흐름을 빗겨가지는 못했다. 김시습은 불교가 본래의 의미를 상실하고 정치적 권위주의와 권력에 편승한 점을 비판한다. 흥륜사는 진흥왕 5년(544)에 완공된 신라 최초의 사찰로 유명하다. 법흥왕 14년에 이차돈이 신라 불교의 공인을 위해서 목숨을 초개같이 버린 곳이 흥륜사이다. 신라 최초의 절집 창건 이야기는 언제 들어도 가슴이 숙연해진다.

　조선 초기에 김시습이 방문했던 흥륜사는 화려한 절집의 위용이 사라진 지 오래되었다. 그가 흥륜사를 방문했을 때에도 절집은 허물어져 여염집으로 변하고 오직 구유와 솥만이 남아 있었다. 그래서 아직까지 흥륜사의 정확한 위치를 확정하지 못하고 있는지도 모른다. 아무튼 김시습은 폐허로 변한 흥륜사를 보면서 세월의 무상함을 실감했다. 흥륜사에서 김시습은 유·불·선에 능통했으면서도 불교와 윤회사상을 비현실적이라고 비판한다.

　　石槽遇因鑊辭炎　돌구유 곤을 만나 확사도 뜨거운데
　　殿閣餘墟化理閭　전각의 남은 터는 마을로 변했구나
　　俗古施僧僧施俗　풍속 낡아 중에 주니 중이 도로 속에 주니
　　輪回報德亦無嫌　윤회하며 덕 갚음도 또한 혐의 없어라

　이러한 비현실적 불교에 대한 비판은 사천왕사를 방문했을 때도 계속된다. 김시습은 가을에 월성당 잔치에 참여해 천년의 영웅들이 사라진 현실을 뒤로한 채, 인가로 변한 사천왕사 터로 발길을 돌렸다. 사천왕사는 당나라의 침략을 막기 위해서 세운 절집이다. 사천왕사는 향가 <도솔가>, <제망매가>를 지은 월명스님이 주석한 뜻깊은 곳이다.

　김시습이 사천왕사를 방문했을 때도 인가로 변한 듯하다. 사천왕사가 폐사된 시기는 정확히 알 수 없지만 15세기 이전으로

보인다. 최근에 사천왕사 발굴조사에서 발견된 경루터는 『삼국유사』에 등장하는 문두루 비법과 관련되어 관심을 끌고 있다. 이러한 내용은 <천왕사지(天王寺址)>에 구체적으로 나타난다.

文豆婁法出西天 문두루란 그 법이 서천에서 나와서
神印宗原自朗傳 신인종의 근원이 명랑으로부터 전해졌구나
明信一期難幻得 명신을 한 시기의 환상으로 얻었대도
不知玆事可安邊 변방을 편안하게 할 수 있는지 알지 못하네

김시습은 불법의 힘으로 당나라를 물리치는 불사에 대해서 회의적이다. 불교가 비현실적인 내용과 정치적 권위에 빠지는 것을 경계하고 있다. 특히 신라의 멸망은 부처에게 아첨하기 때문이라고 주장한다. 그렇다고 해서 불교를 아무런 가치가 없는 것으로 생각한 것은 아니다. 김시습은 고려의 지공선사와 그의 제자 나옹화상 및 신라의 원효스님에 대한 각별한 관심을 보이고 있다. 이들은 기존의 왕실불교의 정치적 권력화를 과감히 배격하고 민중들의 삶속으로 들어가서 깨달음을 실천했기 때문이다.

분황사, 원효스님 추모해 무쟁비 짓다

김시습은 불교문화유산을 답사하면서 유독 분황사에 대한 애착을 보여준다. 분황사는 원효스님이 주석했던 곳으로 유명

하기 때문이다. 그는 원효스님의 흔적을 확인하기 위해서 구불구불한 옛 성터와 모기내를 건너 분황사에 도착했다. 분황사는 선덕여왕의 후원으로 중국 유학을 마치고 돌아온 왕족 출신의 자장스님이 창건한 절집이다. 분황사는 경주 7대 가람으로 선정될 만큼 그 위상이 대단하다.

세월의 흐름에 분황사도 허물어졌지만 원효스님을 추모하는 <무쟁비>를 지어준다. 원효스님을 존경하여 조동선(曹洞禪)의 귀중한 문헌인 중편조동오위(重編曹洞五位)를 계승하기도 한다. 조동종은 선종 중에서도 공안(公案)에 의지하지 않는 묵조선(默照禪)을 수행으로 삼는다. 김시습은 분황사에서 원효스님을 추모하면서 묵조선을 통한 깨달음을 얻기 위해서 노력한다.

• 분황사 3층 모전석탑, 폐허에 방치된 절집의 풍경

김시습은 분황사의 허물어진 석탑을 보면서 세월의 무상함을
시로 읊었다.

石塔正嶙峋	돌탑은 그야말로 드높기도 해
仰看難躋攀	쳐다보나 올라가긴 어렵다오
層層春草長	층층이 봄풀이 자라났구요
級級蘇花斑	켜마다 이끼 꽃이 아롱져 있네

당시의 <분황사석탑(芬皇寺石塔)>은 지금보다 높이가 상당했
을 것이다. 조선 초기에 김시습이 분황사를 방문했을 때는 석
탑에 봄풀이 자라나고 이끼가 퍼져 있었다. 분황사도 세월의
흐름을 빗겨가지 못한 것이다. 그가 도착한 분황사에는 화쟁

• 분황사 화쟁국사의 비석 받침대. 추사의 글씨가 남아 있다.

국사의 비석이 서 있었다. 화쟁국사는 고려 숙종이 원효에게 내린 시호이다.

원효는 분황사에 머물면서 『화엄소』를 집필했다. 그리고 설총이 원효의 뼈를 빻아 소상을 만들어 모셨던 곳이다. 원효의 아들 설총이 예불하러 갔을 때 아들에게 고개를 돌렸다는 전설은 유명하다. 또한 분황사는 눈먼 어린 딸에게 희망의 빛을 선사해주려던 어머니의 애틋한 사랑이 스며 있는 향가 <천수대비가>의 무대이기도 하다. 원효는 분황사와 각별한 인연을 보여준다. 김시습이 분황사를 방문했을 때는 분명 화쟁국사의 비석이 있었다.

騎牛演法解宗旨 소를 타고 법을 펴며 종지를 풀이했네
諸經疏抄盈巾箱 여러 경의 소와 초록이 책궤에 가득하니
後人見之爭仰企 후인들이 그를 우러러 따라가길 다퉜다네
追封國師名無諍 국사로 추봉하니 이름은 무쟁이라

김시습은 신라의 자유로운 승려 원효를 마음속으로 존경했던 것으로 보인다. 어쩌면 김시습의 방랑과 원효의 기이한 행동이 상통했을지도 모른다. 원효는 당나라에서 불법을 배우고 돌아와 화엄종을 열었던 의상과 달리 대중과 소통하는 낮은 자세를 가졌다. 당시의 권위적인 불법을 신라 민중들에게 전달하기 위해 춤을 추는 기이한 행동을 일삼았다. 기존의 관념

을 과감하게 파괴한 원효의 기이한 행동은 깨달음의 다른 표현이었다. 이 때문에 김시습은 분황사의 화쟁대사의 비석을 보고 <무쟁비(無諍碑)>를 지어 원효를 추모하였다.

황룡사와 봉덕사 종, 폐허에 방치되다

조선 초기에 매월당이 황룡사를 방문했을 때는 폐사지에 동상이 언덕을 향해 우뚝 서 있었다. 당시에 황룡사에는 황룡대상이 분명 존재했던 것으로 보인다. 그런데 언제 어떻게 황룡대상이 사라졌는지 지금은 행방이 묘연하다. 신라 최대의 절집인 황룡사에서는 그나마 남아 있는 황룡대상을 바라보았다. 이러한 내용은 <황룡대상을 희롱하여(戲黃龍大像)>에 구체적으로 나타난다.

銅人屹立向丘原 동상이 우뚝 서서 언덕을 향해 선 것은
興廢從來欲不言 흥망을 그전부티 말하려 하지 않음이라
周主若逢遭壞劫 시주 주인 만약에 괴겁을 만난다면
利他何似勿遭冤 이타함이 어찌 원통함을 만나지 않음만 같으랴

김시습은 황룡사에 있던 연좌석을 보고 미래불이 높은 곳에 앉아서 설법하면 마음이 불편하다고 희롱한다. 미래보다 현재가 중요하다는 현실인식을 보여준다. 그리고 흥망의 오랜 세월을 감당하고 있는 영묘사는 무너진 담에 봄비가 내려 풀만

이 무성하였다.

천년의 종소리로 유명한 성덕대왕신종이 봉덕사에 있었다. 그런데 신라의 패망과 더불어 <봉덕사종(奉德寺鐘)>은 제 기능을 잃은 채 동천가의 초목에 버려졌다.

寺廢沒沙礫	절 없어져 자갈에 묻히게 되니
此物委榛荒	이 물건도 초목 속에 버려졌구나
恰以周石鼓	주나라의 석고와 흡사하여
兒撞牛礪角	아이들이 두들기고 소는 뿔을 비벼대네

봉덕사가 폐사되면서 그곳의 종루에 매달려 있던 종도 초목에 버려지게 되었다. 아무렇게나 방치된 봉덕사 종은 아이들이 두들기고 소가 뿔을 비벼대고 있다. 신명스런 종소리는 사라지고 하찮은 물건으로 전락한 허탈한 모습을 보여준다. 더욱이 봉덕사 종은 경주부윤 김담을 위해서 영묘 곁에다 옮겨두었다가 군대 동원용으로 사용하기도 한다. 그리고 아름다운 불국사에서는 화려한 절집보다 옛사람을 그리워한다. 김시습은 세상에 불국사와 같은 기이한 절집은 남았지만 옛 사람이 돌아간 곳이 어디인가 되묻고 있다.

이밖에도 천왕사지, 천룡사, 대로원, 사나대상 등과 같은 폐허에 방치된 불교문화유산을 답사하였다. 신라의 불교문화유산이 폐허에 방치된 모습을 통해서 김시습은 세상사의 무상함을 깨달았을 것이다. 천년왕국 신라의 흥망성쇠를 확인하면서도 인생의 부귀공명에 대한 허망함을 깨달았다. 찬란한 신라의 불교문화유산이 허물어져 있는 모습을 통해서 김시습은 방외인적 삶을 선택한 자유로운 발걸음에 대한 위안을 얻었던 것으로 보인다.

2) 삶에 대한 욕망과 생태문화기행

김시습의 생태문화기행시는 자신의 절개와 세계관을 투영하고 있다. 경주의 자연환경과 생명에 대한 인식을 담고 있는 기행시는 <매화를 찾아서(探梅)>, <북명사에서 모란을 보며(北椧寺看牧丹)>, <병봉사에서 매화를 보며(餠奉寺看梅)>, <옛절의 대(古寺竹)>, <수유를 잡고(把 茱萸)>, <설죽(雪竹)>, <차나무를 기르며(養茶)>, <죽순을 보호하며(護筍)>, <장미를 심으며(種薔薇)>, <매화를 심으며(種梅)>, <잣나무를 심으며(種栢)> 등이 있다. 이런 경주의 자연환경과 생명에 대한 관심은 작가의 내면의식을 반영한 것으로 보인다. 따라서 작가는 매화, 대나무, 모란, 차나무, 장미 등을 통해서 자신의 절개와 생태의식을 제시하고 있다.

금오산 자락의 용장사 주변에는 매화와 장미, 잣나무, 삼나무, 대나무 등을 심어놓았다. 김시습은 경주에서 '매화'에 대한 각별한 애정을 보여준다. 매화는 곧은 절개와 깨끗함을 닮았다. 그래서 눈길을 헤치고 홀로 지팡이 짚고 매화를 찾아간다. 그윽한 향기를 품어내는 고결한 매화는 김시습의 내면세계를 반영하는 상징물임에 틀림없다.

　그런데 매화가 절개를 지키지 못하고 진흙탕에 한번 더럽혀
지면 세상 사람들의 비방은 너무도 가혹했다. 김시습은 <산에
돌아가기를 원하여 효령대군께 드리다(乞還山呈孝寧大君)>, <중도
에 다시 명소함을 고사하고 진정하는 시를 지어 올리다(半途復命
召 固辭陳情詩)>처럼 효령대군의 요청으로 서울에서 불경간행에
참여하고 원각사 낙성식에 참석하여 세조를 칭송하는 시를 남
겼기 때문이다. 이렇게 선비가 절개를 지키는 일은 참으로 힘
들고도 두려웠다.

　　　花時高格透群芳　꽃필 때의 높은 품격 여러 꽃 중에서 빼어나고
　　　結子調和鼎味香　씨 맺어 조화하면 음식 맛이 향기롭다
　　　直到終時存大節　끝날 때가 되더라도 큰 절개를 두고 있어
　　　衆芳那堪窺其傍　여러 꽃들이 어찌 그 곁을 엿볼 수나 있으리

　위의 <매화를 찾아서>는 군자의 덕성을 갖춘 매화를 찾아
가는 고결한 모습을 통해 자신의 절개를 드러내고 있다. 매화
를 주변에 심어놓고 늙은 줄기에 작은 싹이 돋은 것을 사랑스
럽게 바라본다. 다음해 봄비가 내리면 몇 가지에 꽃이 필지 궁
금하게 생각하기도 한다. 병봉사의 매화에서도 매화의 은은한
향기와 빼어난 가지는 가장 한가한 모습이라고 읊었다. 특히
산머리에 구부정하게 누워서 물가로 엎어진 늙은 매화나무의

품격을 높이 칭송한다.

매화는 올곧은 선비의 지조와 정신적 지향을 상징한다. 늙은 가지에 달린 매화는 풍성하지도 화려하지도 않지만 조촐한 모습으로 신선한 향기를 뿜어낸다. 추운 겨울

● 매화, 김시습이 사랑한 품격 높은 절개의 꽃

을 이겨내고 따뜻한 봄소식을 제일 먼저 전하는 반가운 매화는 군자의 덕성을 품었다. 단아하고 청초한 꽃송이는 앙증맞게 피어 새봄의 상쾌함을 더한다. 김시습과 조선 문인들의 매화 사랑은 지극했으며, 그들은 정원이나 담장에 매화를 심어놓고 절개와 품성을 본받으려 했다.

그는 잣나무와 삼나무를 심어놓고 세한심(歲寒心)을 사랑했다. 조선조의 유학자들이 절개의 상징으로 사랑한 나무가 바로 잣나무와 삼나무이다. 추운 겨울이 되어도 잣나무와 삼나무는 아랑곳하지 않고 푸른색이 변하지 않는 절개를 보여준다. 잣나무, 삼나무, 소나무 등을 심어서 푸른빛을 감상한 김시습은 고결한 마음을 간직한 방외인이다. 추운 겨울에도 변하지 않는 잣나무와 삼나무처럼 올곧은 선비의 삶을 지향했던 김시습은 지조와 절개를 갖추었다.

김시습은 대나무와 죽순도 사랑했다. 죽순을 보호해 내일은 푸른 절개를 보겠다고 한다. 대나무는 절개의 상징이다. 김시

습은 대나무의 변하지 않는 푸른색을 좋아했다. 그래서 이사를 하면 제일 먼저 대나무를 심는다. 눈이 오면 대나무가 휘어지지만 다시 원래대로 일어서는 모습을 통해 자신의 삶을 반추해보았다. 그런데 대나무가 서 있는 옛 절집의 풍광보다 대나무로 광주리를 만들려는 욕심만 가득한 현실을 비판한다. 대나무의 곧은 자태가 때를 만나지 못한 자신의 안타까운 심정을 보여준다. 대나무의 곧은 기상은 방외인으로 살아갈 수밖에 없는 자신의 절개를 담고 있다.

한편 김시습은 북명사(北榆寺)에서 모란꽃을 감상한다. 봄날에 모란꽃을 감상한 북명사는 어디일까? 아직까지 북명사의 정확한 위치는 찾지 못하고 있다. 다만, 경주시 내남면 명계리 홈실에 있는 폐탑지 일대로 추정하고 있을 뿐이다. 그곳에는 허물어진 탑의 부재들이 밭에 널부러져 있어서 개연성을 높여준다. 더욱이 주민의 증언에 의하면 일제강점기에도 북명사로 추정되는 곳에 석탑이 허물어진 채 방치되어 있었다고 한다.

조선 초기에 김시습은 금오산에서 내려와 명계리의 북명사에 들렀다. 경주에서 울산으로 가는 길목에 위치한 그곳에 유숙했을 것이다. 북명사에서는 모란꽃을 감상하면서 부귀공명에 대한 생각을 드러내고 있다. 특히 봄바람이 모란을 희롱하지 못하도록 적삼으로 감싸는 생명에 대한 애착을 보여준다. 부귀공명을 상징하는 모란은 유학자로서 경륜을 펼치고 싶은 작가의 소망을 투사한 것이다. 이러한 작가의 소망은 <북명사

에서 모란을 보고>를 통해서 구체적으로 나타난다.

二十四番花信風 이십 사번 째 꽃소식을 전하는 바람은
飄飄輕惊小軒東 표표히 가볍게 난간 동쪽을 스쳐가네
顚狂恐擺挑將去 미치광이 파탈한 채 희롱할까 두려워
輕脫春衫護一叢 봄 적삼을 살짝 벗어 한 포기를 감쌌네

• 북명사지, 활짝 핀 모란을 감싸주다.

북명사의 모란을 보며 하루 종일 난간에 기대어 부귀공명에
대한 미련을 버리지 못했다. 유학자로서 경륜을 펼치고 싶은
간절한 마음이 모란을 보는 순간 자신도 모르게 불쑥 솟아났
다. 그래서 모진 봄바람이 모란을 희롱하지 못하게 감싸는 장
면은 자신의 애틋한 심정과 겹쳐지기도 한다. 그는 세상의 얽
힘에서 벗어나고 싶은 마음과 더불어 부귀영화에 대한 미련을

완전히 버리지 못한 양면성을 보여준다. 산에 은거하기를 원하면서도 현실의 부귀공명에 대한 미련을 떨쳐내지 못했기 때문이다. 이러한 은둔과 참여의 심리적 갈등은 김시습의 방외인적 생애에 짙게 배어 있다.

당시의 사람들은 해마다 신라왕실의 내불당인 천주사의 뜰에 명화를 심고서 복을 빌었다. 그런데 중들이 명화를 모두 파갔음을 안타깝게 생각한다. 풀과 나무만 무성한 봄날에 비바람이 불어와 홀로 문을 닫고 청산에서 살아가는 고결한 모습을 보여준다. 김시습은 동지에 동천사에서 사계화를 보았다. 따뜻한 지역에서는 겨울에도 사계화의 꽃망울이 맺혔다가 동지에 피어난다. 동천사는 신라 진평왕이 오백성중을 봉안하고 5층 전탑을 세웠을 뿐 아니라 전답까지 내려준 중요한 절집이다. 맑은 날 따뜻한 햇볕이 사계화의 꽃망울을 터뜨리게 했음을 깨달았다.

이렇게 김시습은 경주에 머물면서 고욤과 팥배처럼 들에서 나는 과실에 대해서도 관심을 보여준다. 경주의 금오산 자락에 살면서 다양한 나무에 자신의 심정을 투영하고 있다. 그중에서도 김시습은 매화, 소나무, 잣나무, 삼나무, 대나무 등을 가장 사랑한 것으로 보인다. 나무를 통해서 금오산에 살고 있는 자신의 고결한 절개를 표상한다. 이러한 생태문화기행을 통해서 김시습은 자연과 더불어 새로운 생명과 삶의 의욕을 품었던 것이다.

3) 조상에 대한 뿌리의식과 유교문화기행

김시습은 경주에서 조상에 대한 뿌리의식의 확인과 함께 유교문화를 답사한다. 조상에 대한 뿌리의식은 <계림(鷄林)>, <김씨릉>, <북천의 김주원공의 터> 등을 통해서 구체적으로 나타난다. 계림에서 탄생한 신라의 김알지는 김시습의 시조이기도 하다. 시조림이 있는 계림의 숲을 가꾸고 살리는 일은 신라의 흥망과 직결되어 있다. 김시습은 계림을 찾아서 따뜻한 시선을 보여주었다. 계림의 주인 김알지는 바로 김시습의 시조이기 때문에 자신은 신라의 왕실의 후손임을 강조하고 있다.

• 계림, 경주 김씨의 시조 김알지가 탄생한 숲

昔氏終年儲貳亡 석씨가 끝나는 때 태자가 없어
天鷄金櫃降禎祥 하늘 닭이 금궤에다 상서를 내리었네
剖來岐嶷神兒出 조개 보니 훌륭한 신아가 나와서
主器幹蠱家業昌 주기를 간고하여 가업이 창성했네

계림은 김알지를 탄생시킨 생명의 숲으로 매우 중요하게 생각한 듯하다. 김시습은 계림을 방문하여 조상에 대한 뿌리의식을 확인한다. 계림과 인접한 김알지의 무덤을 방문한 김시습은 그 덕의를 칭송하였다. 김알지의 무덤에 등나무가 얽혀 있어도 저승보다 이승이 아름답다고 했다. 죽어서 저승에 가는 것보다 이승에서 힘들게 살아야 한다고 주장하고 있다. 이 것은 사육신과 함께 죽지 않고 살아서 방외인으로 살아가는 자신의 처지를 긍정한 것으로 보인다.

김시습은 자신의 직계조상인 북천 김주원공의 집터를 방문한다. 그는 경주 김씨에서 분파된 강릉 김씨인데 그 중시조가 바로 북천에 살았던 김주원이다. 『삼국사기』에 기록된 원성왕과 김주원이 왕위를 사양할 때 북천에 장맛비가 내려 물이 불어나서 왕이 되지 못한 사건을 인용하였다. 김시습은 경주에 머물면서 자신의 시조와 조상에 대한 뿌리의식을 확인함과 동시에 자신의 정체성을 확립한다.

이러한 자신의 정체성에 대한 고민은 유명무실한 아버지에 대한 결핍을 보완하려는 욕망으로 보인다. 아버지가 있었으나 김시습에게는 별다른 영향을 미치지 못했다. 오히려 김시습은 어머니와 외가의 영향을 많이 받았다. 그래서 아버지의 사랑을 무척 그리워하며 성장하였다. 따라서 김시습은 조상에 대한 뿌리의식을 통해서 무기력한 아버지에 대한 끊임없는 애정 콤플렉스를 벗어나고 싶었는지도 모른다.

김시습은 조선시대 유교의식과 관련된 집경전, 빈현루 등을 방문하기도 한다. 조선을 건국한 태조 이성계의 영정을 보관하던 집경전을 방문하여 고려의 멸망과 조선의 개국을 긍정한다. 조선의 건국을 칭송한 김시습은 유교문화와 관련된 현장을 방문하여 자신의 조상에 대한 뿌리의식과 유학에 대한 관심을 반영하고 있다. 특히 경주에서 공자를 모신 부자묘를 방문하거나 유학서적을 탐독하면서 유학자로서의 생활을 지속하였다.

4) 자유로운 동해안 기행

김시습은 금오산 용장사에 있을 때 질병 때문에 멀리 여행하는 것을 좋아하지 않았다. 대신 바닷가에서 유유자적하면서 매화를 찾고 대나무를 심어서 항상 시를 읊조리고 취함을 즐겼다. 김시습의 발길은 두 갈래로 나눠서 살펴볼 필요가 있다. 경주에서 북명사를 거쳐 울산의 태화루로 이어지는 동남쪽 기행과 경주에서 신광현 법광사를 거쳐 동해의 월송정, 망양정, 울진 성류굴 등으로 이어지는 동북쪽 길이 그것이다.

먼저 울산의 젖줄인 태화강 언덕에 자리한 태화루는 신라시대 태화사의 부속건물이다. 영남의 3대 누각인 태화루는 진주의 촉석루, 밀양의 영남루와 달리 절집의 부속건물이라는 점에서 차이를 보인다. 울산의 태화루는 그의 발자취 중에서 가장 남동쪽 지역에 해당한다. 김시습이 태화루를 방문했을 때는 웅장한 누각의 모습을 갖추고 있었다. 태화루에서 바라본 동해의 경치는 마음속을 후련하게 해주었다.

倚欄西望鄕關遠　난간에 기대어 서쪽 보니 고향은 멀었는데
題株東遊歲月遒　제주(題柱)하고 동유(東遊)하니 세월이 달려가네
行遍三韓來絶域　삼한을 두루 거쳐 끝이 되는 곳에 와보니
相知唯有一閑鷗　서로 아는 이란 한 마리의 한가한 갈매기라

삼한을 두루 여행한 뒤 울산의 태화루에 올라서서 멀리 떨어진 고향을 생각한다. 태화루에서는 한 마리 한가한 갈매기 신세처럼 외로움이 밀려왔다. 더욱이 전국을 방랑하다가 무정한 세월만 빠르게 흘러갔음을 깨닫기도 한다. 고향을 떠난 방외인의 공간적 거리감이 클수록 자신의 행적을 회고하는 심리적 반성의 강도도 높아지기 마련이다. 김시습의 고민이 스며있는 태화루는 임진왜란 때 소실되어 그 흔적만 남아 있어 정말 아쉬울 따름이다.

동해안의 경치를 구경하기 위해 김시습은 가벼운 발걸음으

로 경주를 출발한다. 신광현 법광사에서 잠을 자고 다음날 비를 맞으며 군산을 넘을 계획이었다. 조선 초기의 방외인 김시습은 영덕이나 울진을 가는 길에 신광현 법광사에 유숙하였다. 법광사는 포항시 신광면 상읍리 비학산 자락에 있다. 비학산은 학이 알을 품고 하늘로 날아오르는 형싱을 닮았기 때문에 붙여진 이름이다.

　법광사는 신라 진평왕(576~631)이 원효대사에게 명하여 창건되었다. 신라 불교를 중흥시킨 법흥왕의 법(法) 자를 따서 '불법을 널리 편다'는 뜻을 법광사에 담았다고 한다. 법광사 석가

광사지, 커다란 불상 좌대만 옛 이야기를 전해준다.

불 사리탑 중수비에는 신라 24대 진흥왕 10년에 양나라 무제가 신라에 사신을 파견하여 부처의 사리를 전해와 궁에 머물게 했다. 석가모니의 진신사리를 봉안한 법광사는 왕실의 혈통을 계승하고 삼국통일의 염원을 담은 대찰의 위용을 갖추었다.

신라 불교의 중흥을 염원한 법광사는 매우 중요한 절집이다. 그래서 조선시대 문헌인 『신증동국여지승람』과 『동경잡기』 등에도 사찰의 이름과 위치가 기록되어 있다. 특히 조선시대 방외인 김시습은 <신광현 법광사에서 자며(宿神光縣法廣寺)>라는 시를 통해서 자신의 심정을 읊었다.

芳草沿階綠　방초는 섬돌을 따라 짙고
淸風入樹陰　맑은 바람 나무 그늘에 불어온다
別峯啼謝豹　딴 봉에는 울부짖는 표범소리
忽起故山心　문득 옛 동산의 마음을 일깨우네

김시습이 신광현 법광사에 들렀을 때는 이미 옛 영광을 잃었다. 신라왕실의 후원으로 창건된 법광사는 세월의 흐름에 단청이 떨어져 초라한 모습이다. 옛 영광이 사라진 절집을 찾는 사람은 드물어 새만 찾아와 고요함을 더해줄 뿐이다. 봄꽃이 지고 잎새가 그늘을 만들고 방초는 섬돌 주변에 푸르게 빛나고 있었다. 산봉우리에서 울부짖는 표범소리에 문득 옛 동산의 그리움이 일어난다. 고향을 떠나온 방외인의 외로운 심정을 법광사에서도 회상하고 있다.

조선시대 문인 신광한이 쓴 <법광사 석가불 사리탑 중수비>에는 영조 26년(1750)에 2층의 대웅전, 금당, 향화전 등과 같이 525칸의 큰 규모를 유지한 것으로 보인다. 그 뒤 철종(1863) 때 화재로 법광사는 소실되었다. 최근에 복원된 법광사의 원통전은 예전 중심법당에 세워졌을 뿐 나머지 전각들은 방치되고 있다. 그럼에도 법광사에는 석가불사리탑인 삼층석탑, 석가모니를 모신 연화불상좌대, 비석의 받침돌인 쌍귀부 등이 옛 영광을 이야기한다.

신광현 법광사를 지나서 영덕과 울진으로 가는 작가의 발걸음은 생각보다 자유롭고도 가벼웠다. 월송정과 망양정에 올라 끝없이 푸른 동해를 마음껏 바라볼 수 있었기 때문이다. 원성

선의 〈월송정〉(간송미술관 소장)

의 서관에서 자고 난 뒤에 평해 월송정에 올라 바다와 백사장을 보며 놀았다. 고려시대에 창건된 월송정은 주변에는 소나무들이 빽빽하여 달빛을 감상하기에 좋다. 신라의 영랑, 술랑, 남속, 안양 등의 네 화랑이 울창한 소나무 숲에서 달을 즐겼다 해서 월송정이라 부른다. 월송정은 동해의 푸른 물결과 소나무, 그리고 달빛을 한꺼번에 감상하기에 가장 좋은 곳이다.

　　春風駘盪越松亭　봄바람은 월송정에 넘실대며 부는데
　　海碧沙明十里汀　바다는 푸르고 명사십리의 물가에서
　　一望平原無限思　평원을 바라보니 생각이 한 없는데
　　燒瘍單色更青青　불탄 흔적에는 풀빛이 더욱 푸르구나

　월송정 주변에는 해송이 숲을 이루고 있으며 푸른 동해를 보면 가슴이 트이는 기분을 느낄 수 있다. 특히 월송정의 소나무와 푸른 바다를 배경으로 솟아오르는 일출 광경은 모든 근심을 씻어내기에 충분하다. 이제 월송정에서 북쪽으로 발길을 돌려 망양정으로 향했다. 조선 숙종은 망양정을 관동팔경의 으뜸이라 하여 '관동제일루'라는 친필 편액을 내렸다. 망양정에는 숙종과 정조가 지은 <어제시>와 정추(鄭樞)의 <망양정시>, 정철(鄭撤)의 <관동별곡>, 채수(蔡壽)의 <망양정기> 등의 글이 전한다. 원래 망양정은 기성면 망양리 현종산 기슭에 있었는데 1860년(철종 11)에 현재의 자리로 이전했다. 김시습은 현종산 기슭에 있던 망양정에 올라서 달이 뜬 동해를 바라보았다.

망양정에서 바라본 동해는 가슴을 후련하게 해주었다. 마치 세속과 떨어진 신선의 세계에서 사람은 아주 작은 존재에 불과함을 느꼈다. 그의 발걸음은 고려시대 성류사(聖留寺)가 있었던 성류굴로 향한다. 울진(蔚珍) 성류굴은 신선들이 노닐던 지하의 금강산이라 불릴 만큼 신비스러운 절경을 보여준다. 『삼국유사』에 의하면 신라 원효대사도 성류굴에 천량암을 짓고 수도했다고 한다. 고려말 학자 이곡(李穀)의 <관동유기>에는 최초로 성류굴에 대한 탐사기록이 전한다. 김시습은 봄날 성류굴에 깃든 학이 사람을 보고는 놀라 날아갈 정도로 청정한 곳이라 읊었다.

窟前春水漾苔磯　석류굴 앞 봄물이 이끼 낀 낚시터에 출렁이고
巖後山花映落暉　바위 뒤의 산꽃은 지는 해에 비치네
更有一般淸絶味　또 한 가지 청절한 맛이 있는 그것은
夜深巢鶴驚人飛　밤 깊어 깃들었던 학이 사람에게 놀라 날아가네

김시습은 울진 성류굴(聖留窟)에서 잠을 자고 동해의 울릉도를 바라보았다. 세상의 번거로움을 싫어해서 울릉도에 숨으려고 했지만, 높은 곳에서 바라보니 아득한 구름만 눈에 들어왔다. 동해안에는 석봉이 높이 솟았는데 산정은 평평하고 위에

는 흰 모래가 있었다. 만년송이 봉우리 허리를 둘러싸고 해당화도 난만하게 피었다. 아름다운 경치를 오랫동안 감상하다가 그 위에서 잠을 잤다.

다음날 울진을 떠나 강원도 정선으로 발걸음을 옮겼다. 정선에 도착하자 살구꽃이 처음 피는 것을 보았다. 살구나무가 꽃망울을 터뜨리는 봄날에 멀리 태백산을 바라보았다. 봄날 동해안의 기온 차이로 인하여 청하에는 살구꽃이 피었지만 삼척에는 꽃망울도 없었다. 그는 동해안의 풍광과 자유로운 발걸음 속에서도 산촌의 백성들이 관의 수탈로 힘든 생활을 하고 있음을 보여준다. 새로운 조정이 백성을 사랑해도 민생은 피로할 수밖에 없는 산촌의 구조적 모순을 지적하고 있다.

3. 경주에서 만난 사람들

김시습은 현실정치에서 벗어나 전국을 유람한 지식인이다. 세조정권에서 배제되어 제3의 새로운 길을 끊임없이 모색했던 방외인 김시습은 인생의 황금기를 경주에서 보냈다. 아무런 친척도 없는 천년고도 경주에서 어떻게 오랫동안 터를 잡고 살았을까 몹시 궁금하다.

김시습은 전국을 유람하는 가운데 유독 경주에서는 매우 안정되고 평안한 모습을 보여준다. 경주 용장사에 터전을 마련한 것은 서울과 일정한 거리를 두고 싶었기 때문이다. 세상의 권세에 아부하는 권력자가 있는 서울을 떠나 자유롭게 살고 싶었는지도 모른다. 또한 경주는 자신의 시조인 김알지가 탄생한 곳일 뿐만 아니라 신라의 왕위계승에서 패배해 강릉으로 낙향한 선조 김주원의 고향이기도 하다. 김알지 신화의 현장과 중시조 김주원의 터전을 방문하여 조상에 대한 뿌리의식을 확인하였다. 그래서 정처 없이 방랑을 거듭한 끝에 경주 금오산 자락에 안식처를 마련한 것이다.

당시 경주는 신라의 찬란한 문화유산이 폐허 속에 방치되고 있었다. 이러한 경주에 김시습이 오랫동안 머문 까닭은 무엇일까? 금오산 자락의 용장사는 신라 천년고도의 문화유산을 답사하기에 안성맞춤이었기 때문이다. 경주 읍내와 가까울 뿐 아니라 폐허에 방치된 신라 문화유산의 흥망성쇠를 확인하면서 가슴속의 울분을 풀어내기에 충분했을 것이다. 특히 신라 최초의 절집인 흥륜사에서는 불교에 대한 비판적 시각을 보여주면서도 분황사에서는 원효의 무쟁비를 지었다. 이러한 불교에 대한 양면성은 정치화된 불교의 권위를 타파하려는 김시습의 생각을 보여준다.

또한 김시습이 경주에 오랫동안 머물 수 있었던 것은 물심양면으로 도와준 경주 지역민들의 따뜻한 배려 덕분이다. 금오산 자락의 용장사에 살면서 경주부의 벼슬아치와 진사, 스님 등과 같이 다양한 사람들과 교류했다. 경주부윤 김담

(1458~1463), 통판 신중린, 양석견 등과 친분을 쌓았다. 김시습은 경주부 관리들의 선정을 칭송하고 경주부의 관리들은 김시습에게 생활에 필요한 물품을 지원해준 것으로 보인다.

특히 경주의 진사 김진문(金振文)과 활발한 교류를 했다. 김진사는 경주에서 지은 김시습의 시를 모아서 『습유록(拾遺錄)』을 만들어줄 정도로 가까운 친구였다. 김시습은 이기론(理氣論)의 관점에서 유교와 불교의 도(道)는 같다고 인정한다. 그런데 자신은 비록 검은 장삼을 입었지만 뜻은 불교와 다르다고 주장한다. 아직까지 유학에 대한 미련을 버리지 못했기 때문이다. 특히 김진사의 인품에 대해서는 '고을의 어진 선비'라고 칭송한다. 김시습은 모처럼 서로의 뜻이 통한 김진사를 오랜 친구로 생각한다.

携手遊故都	손을 잡고 옛 서울에 가서 놀며
浴彼蚊之水	저 모기내 가에서 목욕하였네
風乎夫子壇	부자의 단에서 바람 쏘이고
曆彼城楸梓	저 성의 추재에 두루 돌았네
旣云道相同	벌써 도가 같다 말하였으니
何論此與彼	피차를 논할 것이 무엇이 있으랴
從今日復日	이제부터 날이면 또 날마다
相期訪來市	서로 기약하여 숲과 저자를 방문하세나

김시습은 경주의 김진사와 모기내에서 목욕하고 공자의 제
단을 찾아서 바람을 쏘이며 함께 이야기를 나누며 즐겁게 지
냈다. 두 사람은 추구하는 생각이 서로 같아서 피차를 논할 것
이 없었다. 특히 김진사와 '도가 같다(道相同)'는 말은 김진사가
세조의 왕위찬탈에 대한 김시습의 절개를 높이 추앙하고 있음
을 보여준다. 그래서 신라의 도읍지에서 날마다 숲과 시장을
방문하면서 자유롭게 어울렸다. 이렇게 김시습이 경주의 김진
사와 허물없이 지낸 것은 특이한 일이다. 어쩌면 김시습의 방
외인적 삶에서 가장 행복한 순간이 아닐까 한다.

  김시습은 주상상(朱上庠)과도 매우 친하게 지낸 듯하다. 주상
상 계정에게 보내는 시에 보면 자신의 초막이 성의 남쪽 송백
에 있다고 하였다. 주상상의 집은 성의 북쪽 매화나무와 대나
무 밭 주변에 있었다. 그래서 김시습은 봄눈이 녹아 매화가 반
쯤 피어나면 주상상을 찾겠다고 약속한다. 또한 김시습은 1466
년 경주부윤으로 부임한 최선복(崔善福)의 선정을 칭송하면서
교류하였다. 최 부윤이 부임하여 꽃 아래 개 짖음이 사라지고
귤나무 동산에는 술만이 향기롭다고 칭송하였다.

  경주에 머물고 있던 불교 승려와도 허물없이 지냈다. 백률
사(栢栗寺) 옥판사(玉版師) 스님이 불법의 요체를 잘 설법하여 사
람마다 칭송하여 만나기를 희망한다. 백률사는 성의 북쪽에
있는데 돌길이 멀어서 찾기가 쉽지 않았다. 그래도 솔문은 진
실로 깨끗하여 더운 번뇌가 사라진다고 했다. 이렇게 김시습

은 경주의 승려들과도 교류하면서 마음의 평안과 심리적 안정
을 되찾았다.

● 백률사 입구, 소나무 대신 대숲이 절집을 감싸다.

吾聞玉版師	내 들으니 옥판사 스님께서는
善說諸法要	모든 불법 요체를 잘 설법하여
人人飽禪悅	사람마다 선열에 배부르다니
道果期非遙	도는 과연 기약하기 멀지 않구나
栢栗在城北	백률사는 성 북쪽에 있다 하지만
石路何迢迢	돌길이 어찌나 멀기도 한지
松門實瀟酒	솔문은 진실로 깨끗하여서
熱惱來旋逍	더운 번뇌 오자마자 사라지누나

김시습은 일동승(日東僧) 준장로(俊長老)와 만나서 고향을 멀리

떠나온 고적한 심정에 대해 오순도순 밤새도록 대화하고 싶었다. 아마도 울산의 태화루를 방문했을 때 그곳의 왜관에 있던 일본 승려를 만난 것으로 보인다. 그는 국내를 한 번도 벗어난 적이 없다. 이 때문 작가가 일본 승려와 대면한 것은 매우 이례적인 일이 아닐 수 없다.

한편 경주 지역민들은 김시습을 추모하기 위해 용장사, 천룡사, 기림사 등에 영정을 모시고 제사하였다. 용장사와 천룡사에는 김시습의 절개와 충절을 상징하는 유학자의 영정을 봉안했다. 그 뒤에 17세기 경주부윤 민주면이 용장암 주변에 세 칸짜리 집을 짓고 김시습의 영정을 모셨다. 이충익은 천룡사 서쪽 골짝의 매월당에도 그의 화상이 있었다고 한다. 하지만 기림사에는 김시습의 풍류와 신선사상을 상징하는 도가풍의 영정을 봉안했다. 경주의 인연과 절개를 추모하기 위해서 지역민들은 그의 초상에 제사를 지냈다.

경주는 세상의 근심을 씻어내는 자유로운 마음의 안식처이자 자신의 뿌리를 확인할 수 있는 고향이다. 그리고 경주 금오산 자락에 머물면서 신라의 문화유산을 비롯하여 울산, 평해, 울진 등의 바닷가를 자유롭게 여행한다. 더욱이 폐허에 방치된 천년고도 경주의 문화유산을 답사하는 즐거움도 빼놓을 수 없을 것이다. 김시습이 경주에 오랫동안 머물 수 있었던 까닭은 물심양면으로 도와준 경주부의 관리, 김진사, 스님 등의 각별한 보살핌 덕분이다. 이러한 지역민들의 따뜻한 배려로 김시습은 심신의 안정을 찾았던 것으로 보인다.

김시습은 심신이 안정된 경주에서 다양한 서적을 읽었다. 초나라 굴원이 지은 『초사』를 읽고 감명을 받은 것으로 보인다. 김시습은 『초사』를 읽으며 초나라 굴원의 충절을 흠모한다. 그리고 효령대군의 요청으로 서울을 다녀오면서 『맹자』, 『성리대전』, 『통감』, 『노자』 등의 책을 가지고 경주로 내려왔다. 아마도 김시습은 경주에서 유교, 불교, 도가, 문학 등의 책을 즐겨 읽었을 것으로 짐작된다. 그것이 『금오신화』를 창작하는 계기가 되었는지도 모른다.

국토기행, 깨달음을 통한 새로운 길 찾기

조선시대에는 아무나 자유롭게 여행한다는 것이 사실상 불가능했다. 여행할 수 있는 사람들은 양반이나 임지로 부임하는 관리 정도였다. 그들의 여행은 특정한 산이나 명승지를 방문해 시를 짓거나 유흥을 즐기는 것이다. 그런데 김시습의 국토기행은 그들의 여행과는 사뭇 다른 양상을 보인다. 그는 세상을 등지고 조선의 국토를 유람하는 새로운 길을 모색한 것으로 유명하다. 이 때문에 김시습의 발자취가 남아 있는 국토기행의 이동 경로를 살펴보면 시장, 읍성, 사찰, 역원(驛院)뿐만 아니라 농어촌과 산하 등 다양하다.

조선 초기에 발생한 계유정란과 세조의 왕위찬탈은 유학적 세계관과 학자적 양심에 커다란 충격을 주었던 것이 분명하다. 그 당시 김시습은 초시에 낙방한 뒤에 청운의 꿈을 품고 삼각산 중흥사에서 과거시험 공부에 몰두하고 있었다. 수양대군의 계유정란이 발생했을 때는 강릉 김씨 가문의 부흥에 대한 막중한 책임 때문에 안타까운 사태를 지켜보았을 것이다. 오세신동으로 소문난 김시습은 과거시험을 통해서 자신의 능력을 인정받고 싶었기 때문이다.

과거에 급제해 관직에 진출하는 것이 백성을 위한 선정과 자신의 집안을 부흥시키는 지름길이라고 생각했던 것으로 보인다. 그런데 계유정란의 공신들이 어린 단종을 몰아내고 수양대군을 군왕으로 옹립하는 사건이 발생한다. 당시 유학적 세계관이 한순간에 전복된 사건은 선비들의 선택을 요구하고 있었다. 김시습은 세조의 왕위찬탈에 대해 어떻게 할 것인가 하는 고민에 빠질 수밖에 없었다.

이러한 비극적 소식을 접한 김시습은 중흥사에 더 이상 머물 수가 없었다. 그곳에서 공부하던 책을 불사르고 승려의 복장으로 전국을 유람하는 국토기행을 떠났다. 그의 방외인적 삶은 사육신과 생육신의 충절과 구별되는 제3의 길이다. 타락한 정치권력이 난무하는 현실에서 사육신처럼 강력한 저항도 못하고 생육신처럼 두문불출하지도 않았다. 대신 국토기행을 통해 유학자의 양심과 의리를 지키는 제3의 방외인적 삶을 모색한 것이다.

여행은 사람을 키우고 사람은 여행을 풍부하게 한다. 김시습은 세종대왕 때 완성된 조선의 국경을 가장 폭넓게 둘러본 여행자이기도 하다. 타락한 현실을 벗어나 조선의 국토를 유람하면서 끊임없이 올바른 삶을 모색한 방외의 지식인이다.

사유록에 등장하는 김시습의 국토기행은 삼각산 중흥사를 떠나 관서, 관동, 호남, 금오 등과 같이 조선의 국토를 포괄하고 있다. 『유관서록』에서는 개성과 평양을 거쳐 안주, 묘향산까지 답사하면서 북방의 백두산을 바라보기도 한다. 『유관동록』에서는 금강산의 절경을 구경하고 오대산과 동해안 강릉에 도착해 신선의 세계를 체험한다. 『유호남록』에서는 백제의 문화유산을 답사하고 『유금오록』에서는 신라의 문화유산을 답사하였다. 이렇게 사유록의 이동 경로는 서울을 중심으로 전국의 주요 도시 및 문화유산이다.

정치권력의 욕망에서 벗어나 유학자의 양심과 자유로운 영혼을 지킬 수 있는 제3의 길이 바로 국토기행이다. 국토기행은 유학적 세계관이 전복된 서울을 벗어나 가슴에 쌓였던 울분을 해소하는 공간적 의미가 있다. 세조의 왕위찬탈로 곡학아세하는 공신들이 득실대는 한양을 떠남으로써 정신적 충격에서 벗어날 수 있는 일정한 거리를 유지한다. 그래서 타락한 공간을 떠나 조선의 국토를 유람하면서 심신의 안정을 되찾았을 것이다. 이러한 국토기행에는 새로운 공간에서 만난 사람들과 아름다운 자연을 감상하는 즐거움이 동반되기 마련이다.

김시습의 국토기행은 과거의 충격적인 사실을 해소하는 최선의 방안이다. 관서기행에서는 여전히 정신적 충격에서 쉽게 벗어나지 못한 듯하다. 금강산의 절경을 감상한 관동기행에서는 정신적 충격을 어느 정도 벗어난 것으로 보인다. 그리고 호남기행과 금오기행에서는 백제와 신라의 역사와 문화를 답사한 내용이 풍부하게 수록되어 있다. 따라서 국토기행을 통한 방외인적 삶은 관서와 관동, 호남과 금오 등의 지역으로 진행되면서 심신의 안정을 되찾았다고 하겠다.

그렇다고 해서 비극적 사건을 완전히 망각한 것은 아니다. 오랜 세월 국토기행을 하면서도 관직에 대한 욕망을 완전히 떨쳐버리지 못했기 때문이다. 김시습은 강릉 김씨 가문을 부흥시켜야 한다는 막중한 책임을 끝까지 외면할 수가 없었다. 그래서 국토기행을 하면서도 끊임없이 세상에 대한 관심을 표출한 것이다. 이런 관직에 대한 김시습의 행동을 비판하는 사람들도 많다. 즉, 그들은 방외인적 삶을 통해서 단종에 대한 절개를 지키지 못한 것을 비판하기도 한다.

하지만 이것은 김시습에게 너무도 가혹한 절개와 의리를 투영한 후세 사람들의 평가이다. 그는 유학적 세계관 속에서 양심과 절개를 지켰을 뿐 어떤 군왕도 섬긴 적이 없는 처사(處士)이다. 이 때문에 관직에 출사하여 새로운 군왕을 섬기는 것은 지극히 당연한 행동이다. 유학의 양심과 절개를 끝까지 지키지 못하고 관직에 기웃거린다는 일부의 비판은 너무도 가혹한 평가이다. 그의 어깨에 올려놓은 절개, 비판, 의리 등의 시대적 이념을 걷어내면 한 사람의 인간적인 모습을 발견할 수 있다. 국토기행은 이러한 인간적인 모습을 발견하는 여정이기도 하다.

국토기행에서 김시습이 보여준 세조의 왕위찬탈에 대한 양면성은 주목해야 할 대목이다. 계유정란과 왕위찬탈에 대해서는 강력한 비판을 했으면서도 세조의 선정을 칭송하는 양면성을 보여준 것이다. 즉 세조의 왕위찬탈로 유학적 세계관이 전복된 사건에 대한 비판은 관서와 관동, 호남과 영남 등을 여행하면서 지속되었다.

그런데 국토기행에서 세조의 선정을 칭송하기도 한다. 김시습은 평양에서 만난 사신 일행에게 세조의 선정을 중국에 전해달라고 당부한다. 더욱이 호남에서는 전쟁이 없고 백성들이 편안한 것을 모두 세조의 선정으로 칭송하고, 경주 금오산에 은거할 때는 서울을 왕래하면서 세조에게 벼슬을 받기도 한다. 세조에 대한 비판이 점차 약화되고 있다.

김시습의 이동 경로와 문학창작의 현장을 확인한 결과 대체로 허물어진 모습을 보여준다. 500여 년 동안 수많은 전란으로 파괴되어 폐허에 방치된 것으로 보인다. 그래도 국토기행에 등장하는 문학창작의 현장을 확인하면서 작가의 시선과 교감하는 즐거움을 누리기도 했다. 김시습은 관서와 관동을 거쳐 호남과 금오를 여행하면서 자신의 양심과 절개를 지킬 수 있는 깨달음의 여정을 지속한다. 따라서 사육신이나 생육신과 다른 국토기행을 통한 제3의 방외인적 삶을 새롭게 개척한다.

이상에서 김시습은 청년기에 전국의 산하를 유람한 것으로 보인다. 국토기행을 통해서 한평생 자신의 절개와 지식인의 양심을 지킬 수 있는 제3의 방외인적 삶을 끊임없이 모색한다. 아마도 김시습이 국토기행을 떠나지 않았다면 정신적 충격과 울분을 풀어내지 못해 광인이 되거나 자결했을지도 모른다. 조선시대 국토기행은 타락한 정치권력의 공간을 벗어나 자신의 양심을 지키는 생태치유의 기회를 제공한 것이다.

참고문헌

경북대학교 소장본, 『동여비고』

국립중앙박물관, 『겸재 정선 서거 250주년 기념 붓으로 펼친 천지조화』, 전시도록, 2009.

김동욱, 『국토산하의 시정』, 이회, 2008.

김부식 저, 이병도 역, 『삼국사기』, 을유문화사, 1996.

김순기 외, 『매월당 김시습과 떠나는 관서여행』, 매월당문학사상연구회출판부, 2009.

김시습, 『국역 매월당전집』 1~5권, 세종대왕 기념사업회, 1982.

김우철 역주, 『여지도서 17권-강원도 3권』, 디자인 흐름, 2009.

김재웅, 「김시습의 경주기행과 문학창작의 현장」, 『시학과 언어학』 21호, 시학과언어학회, 2011.

김재웅, 「김시습의 호남기행과 문학창작의 현장」, 『국학연구』 20집, 한국국학진흥원, 2012.

김풍기, 「지식의 재구성과 김시습의 법화경 읽기」, 『동방한문학』 32집, 동방한문학회, 2007.

남효온 저, 신명호·김혁·최재복 지음, 『1485년, 금강산에서』, 지식공작소, 1998.

노중석, 「매월당 시 <사유록> 연구」, 『한문학연구』 11집, 계명한문학회.

심경호, 『김시습 평전』, 돌베개, 2003.

안동준, 「김시습 문학사상 연구」, 정신문화연구원 박사학위논문, 1994.

유홍준, 『금강산』, 학고재, 1998.

이광수, 『금강산 유기』, 도서출판 기파랑, 2011.

이규보, 『동국이상국집』, <개태사조전원문>.

이현일, 「김시습 <사유록>시 연구」, 연세대학교 석사학위논문, 1998.

임승국 역주, 『환단고기』, 정신세계사, 1991.

임형택, 「매월당시사유록에 관한 고찰」, 『한국한문학연구』 26집, 한국한문
학회, 2000.

전주대학교 고전국역총서, 『여지도서』, 디자인 흐름, 2009.

정병욱, 「김시습 연구」, 『한국고전의 재인식』, 기린원, 1988.

정주동, 『매월당 김시습 연구』, 민족문화사, 1983.

진경환, 「탈주와 해체의 기획」, 『한국고전문학작가론』, 소명출판사, 1999.

채수 외, 전관수 역, 『조선 사람들의 개성 여행』, 지만지, 2008.

최완수, 『겸재를 따라가는 금강산 여행』, 대원사, 1999.

저자 **김재웅** ___ 경북대학교 기초교육원 초빙교수

저자는 고전산문의 아름다움을 찾기 위해 필사본 고전소설을 집중적으로 연구하고 있다. 최근에는 고전소설의 창작 현장, 고전소설의 지역학적 접근과 생활사, 고전의 생태문화적 재해석 등에 관심을 가지고 다양한 강의와 연구를 하고 있다. 주요 저서로는 『고령지역의 잊혀져 가는 마을문화』, 『대구·경북 지역의 설화 연구』, 『강릉추월전의 종합적 이해』 등이 있고, 논문으로는 「최호양문록의 구조적 특징과 가정소설적 위상」, 「영남 지역 필사본 고소설에 나타난 여성 향유층의 욕망」 외에 다수가 있다.

경북대 인문교양총서 ⑲
김시습과 떠나는 조선시대 국토기행

초판 인쇄 2012년 12월 24일
초판 발행 2012년 12월 31일

지은이 김재웅
기 획 경북대학교 인문대학
펴낸이 이대현
편 집 권분옥 이소희 박선주
디자인 이홍주
마케팅 박태훈 이상만 안현진

펴낸곳 도서출판 역락
주 소 서울시 서초구 반포4동 577-25 문창빌딩 2층
전 화 02-3409-2060(편집), 2058(마케팅)
팩 스 02-3409-2059
등 록 1999년 4월 19일 제303-2002-000014호
전자우편 youkrack@hanmail.net

값 10,000원
ISBN 978-89-5556-024-4 04810
　　　978-89-5556-896-7 세트